AB'ERRANCES VERBALES

Chroniques

Damien KHERES

AB'ERRANCES VERBALES
(Fl'âneries dans les champs sémantiques)

Chroniques

Éditions BOD

©2015 Damien Khérès
Éditeur : BoD-Books on Demand,
12/14 rond point des Champs Élysées, 75008 Paris, France
Impression : BoD-Books on Demand, Norderstedt, Allemagne
Dépôt légal : décembre 2015
ISBN : 978-2-322-04260-9

Couverture : Happy_services

À Tchoum,
À vos souhaits...

_ Est-ce que les histoires que vous racontez ne vous empêchent pas de dormir ?

_ Si, mais comme ce sont des histoires à dormir debout, je récupère !

Raymond Devos

PREFACE

« Ma rencontre avec Damien Khérès a été une rencontre entre deux amoureux des mots. Le courant est immédiatement passé. On s'amusait tous les deux comme deux grands enfants avec notre meilleure amie commune : la plume.

Damien Khérès est un jongleur. Il jongle avec les mots. Il les lance, il les balance, il les manipule, il les fait rebondir ; mais toujours avec une précision d'horloger.

Lire ses chroniques est un jeu. Il nous invite à aller plus loin : une lecture qui fait que l'on prend son temps pour découvrir son univers, ses allusions, ses illusions, ses amusements.

Dans l'écriture de Damien, il existe plusieurs niveaux de lecture, une sensation de basculer vers un monde parallèle, ludique et poétique. Et ça fait du bien. On s'échappe le temps d'une brève chronique d'un monde de moins en moins attachant. L'humour et le travail ciselé d'écriture nous embrassent et nous réconfortent.

Il nous fait « réflé-rire ». Et franchement, ça fait drôlement du bien. Merci... »

Alexandra DADIER

Alexandra DADIER est une comédienne, auteure de pièces de théâtre et metteuse en scène reconnue en France et en Italie, plusieurs fois récompensée par des prix littéraires en Italie

Préambule (ou ronde prairie)

Puisque délire n'est pas le contraire de lire, permettez-moi de décrier ce que je n'ai pas encore crié car il n'est nul question de cri ici mais d'écrit, au singulier, même si ce sont des écrits particuliers.

La langue est ma muse et les mots m'amusent alors vous risquez de trouver aberrantes mes errances verbales.

Mais que cela ne vous empêche pas de flâner au gré de mes âneries dans les champs sémantiques où j'ai semé quelques jeux de mots, qui n'attendent plus qu'à être récoltés.

Sur ce, puissiez-vous vous délecter de votre lecture car un lecteur qui se délecte est toujours plus appréciable qu'un écrivain qui se décrit.

SOMMAIRE

Faits d'hiver..21
Autour de France..24
Potager et vieux amis...................................29
Une forme olympique..................................33
Une soirée en travaux..................................36
Démineur alarmé (et des mineurs à l'armée)..........40
Le maire des votes et la mère dévote........44
La fin d'une aire...47
Un vernissage ni agité.................................50
Au café frappé...53
Vieilles chaleurs..57
Comme une lettre à la poste.......................61
Ces jours linguistiques................................64
Cessations d'activités 68
Enterrement d'accord..................................72
Entre les lignes...75
Problèmes mathématiques 81
Le péril jaune..84
Un temps plus vieux...................................87
Un poil gênant, si peu.................................91
Une relation à bout de souffle....................94

À corps perdu..96
Le bonheur est dans le prêt...................................100
Thérapie, et moi aussi..104
Un jugement sans appel.......................................107
Lettres et le néant ou l'usage absurde d'un alphabet
....111

Faits d'hiver

Bon, alors voilà c'est l'hiver.

On ne va pas en faire tout un plat, sauf peut-être de la tartiflette, mais tous les ans c'est la même chose, on s'étonne de l'arrivée du froid. « Couvrez-vous », « Mettez vos chaînes », ou brisez-les si vous ne vous sentez pas libres, « Attention aux maladies », etc, en bref des conseils d'hiver et variés.

En ski-concerne le froid, la seule chose chose que j'ai trouvé pour m'en protéger c'est la boisson. Je ne suis d'ailleurs pas mauvais en skir, on dit que j'ai une bonne descente. J'ivre tout l'hiver, surtout sur ma voiture, qui n'a d'ailleurs pas de pot d'échapper aux bienfaits de l'éthanol et se contente du pétrole. La basgnôle gèle et moi je n'ai qu'un petit rhum de rien du tout. Même pas le nez rouge, je préfère garder le beaunez, on ne sait jamais. Et gant j'ai trop froid, j'enlève de la glace, de mon verre.

Merde, il neige. Allez, casse-toi flocon !

Titubant, et après un rail de poudreuse, je dévale les pistes. Oui j'aime bien dévaler, ce qui n'est pas le contraire d'avaler, ni de valer même si on est en montagne. Donc je dévale les pistes et je ne sais plus trop où je vais. C'est c'la l'homme, un virage à droite, un virage à gauche, ce qui compte c'est d'arriver en bas, mais toujours avec son pantalon. Même si je suis encore un bleu, j'aime bien les pistes rouges ou vertes, quand elles ne sont pas fermées. Je les préfère aux noires mais n'y voyez pas de racisme. Et là je vois Dominique Lavalanche qui cherche encore les Bronzés, avec la marque des lunettes, qui ne sont d'ailleurs plus blancs comme neige. Je vois aussi Paul en ski, un Roman cet homme-là mais ça c'est une autre histoire.

Le vent se lève, c'est blizzard, je ne m'y attendais pas. À bout de moufles, je décide de m'arrêter pour aller casser la graine à ce restaurant de montagne, un restaurant 2 étoiles. Pas un très grand exploit, moi j'ai eu ma première étoile j'avais à peine 5 ans. Aujourd'hui j'en ai même 3 et je ne suis toujours pas dans les guides Michelin et l'autre.

À ce propos et après m'être attablé, je demande la carte pour qu'on m'indique comment aller de l'entrée jusqu'au digestif. Le garçon qui est d'ailleurs une fille se perd en explication, alors je la coupe sans lui faire mal et lui demande s'il reste du cabri-au lait de montagne. Il, le garçon, enfin plutôt elle puisque c'est une fille, me répond que le cabri c'est fini. Par contre, elle me recommande (alors que moi je n'ai pas encore commandé) de prendre une raclette car elle ne rate jamais son deuxième service (il était tard). Je lui renvoie la balle en lui demandant finalement une coupe et en vainqueur lui jette la carte qu'elle ramasse d'un revers de main. Jeu, set et nappe.

Bref, je paye la note, sans la jouer. Je ne suis pas sûr qu'ils soient prêts à écouter mes « sanglots longs des violons » de l'hiver.

Refroidi, je décide d'aller chalet ailleurs pour prendre un vin chaud, un chocolat chaud ou un gaspa-chaud mais froid, pour me consoler. Avec une petite larme de whisky, pas sur ma joue, dans mon verre, même si je trouve ça pratique de pleurer du whisky, quoique je risquerais d'être souvent triste. Encore une fois, l'alcool me fait du bien et non, le oui-ski est un sport d'hiver car larme fatale contre le froid avant que le verre-glace.

Sur ce, je vous laisse et surtout n'oubliez pas que l'hiver est éphémère : si gelée du matin, je ne l'ai plus le soir.

Damien Khérès

Autour de France

Ah, enfin les vacances !

Cette année, j'ai fait le Paris de faire un tour de France, et sans prendre le vélo, juste avec ma voiture balai, qui n'a d'ailleurs jamais ramassé de filles. Sauf le jour où j'ai monté seul le Col de l'Utérus, qui s'était fait faire le maillot, à pois.

Difficile de choisir ma première destination et je n'ai pas l'intention de me perdre : Toulouse or not to lose, c'est la question que je me pose.

J'opte pour la Provence car il ne faut PACA-la longue je passe trop de temps à réfléchir. Je me souviens avoir emmené mon ex-en-provence et elle a tellement apprécié qu'elle y est restée. Elle a rencontré un italien torride et maintenant elle passe son temps à monter-Carlo. Sans rancune Carlo ! De toute façon, ça me pendait au nez, elle a si souvent montré ses fesses qu'on l'appelait Marianne, représentante de la raie-publique.

J'arrive alors à Avignon. Sur le pont, je me penche au bord d'eau, réputé pour son vin, où coule une rivière de diamants. C'est ce qu'on doit appeler la Riviera, ce que je tente d'expliquer à mon ami Éric, qui est venu avec moi. Je lance quelques pierres, précieuses, dans l'eau, tandis qu'Éric-hochait la tête de ses cheveux roux. Il essaya de rebondir sur mes derniers mots, mais se retint, en gardant sa couleur naturelle, et l'idée tomba à l'eau, avec lui. Comme quoi, même pris pour un pigeon, le roux coule. Ma Cannes à pêche n'y suffit pas, il fut emporté. Va mon ami, profite de ta vie, en roux libre.

Je poursuis donc mon voyage tout seul et je passe quelque jours à-Nice, avec un peu d'eau pour lui donner le goût du Ricard. Une fois désaltéré, j'attends l'Aude pour filer dans l'Aube. Non pardon, c'est le contraire. Je file donc dans l'Aude, source de vie à ne pas confondre avec l'Aude-vie source de migraine. Bref, arrivé là-bas, j'aperçois au loin un château et j'aperçois même tôt un chat loin, qui se met à miauler sous la pluie. Ici, il pleut de l'eau de source car sous l'eau minet râle. Je me rapproche alors de ce château, celui avec un donjon, et je ressens l'envie irrésistible d'y entrer. Je cherche un moyen, et peu m'importe, de secours, si mon corps fatigue, je continuerai jusqu'à ce que ma carcasse-sonne. Quels jolis remparts, vraiment.

Par sa beauté, l'art-mur protège mieux, surtout quand le cheval-y-est.

Finalement, trop bien protégé, je n'ai pas réussi à pénétrer. Non, ce n'est pas ce que vous pensez. Chatte-haut hors d'atteinte et tout capote. Je ne saurai jamais qui l'habite.

Bref, je repars la queue entre la jambe, ce qui ne change pas grand chose, vers un autre Château-Thierry ou en Pierre si c'est là votre prénom. L'endroit ne me plaît pas beaucoup et je décide de suivre ce précepte : Aisne, tu l'aimes ou tu la quittes. Ou tu l'Aquitaine si tu es dans le sud-ouest mais ce n'est pas mon cas. Alors je la quitte, Aisne, avant que la haine ne m'exit.

Sur l'autoroute, je me retrouve dans une boite échangiste. C'est une portion de la route avec pleins d'échangeurs. Là, un homme du sud-est me surveille et fait le gay, un homo-Nîmes si vous préférez. Il tente alors de me conduire sur une aire de nique, c'est comme une aire de pique-nique mais sans le pique. Apparemment, cet homme est un as de nique aux allures d'une reine prête à a-valet sa p-roi. Qu'ile-et-vilaine ! Il a Choisy-Le-Roi afin qu'il Bourg-La-Reine. Je m'échappe, paye au péage, mets ma ceinture de sortie et prends la première bretelle de sécurité, ou l'inverse.

Je me sens alors terriblement seul, alors quand j'aperçois un auto-stoppeur, je le prends. Et nous voilà partis dans l'Ain, tous les deux, en passant par Troyes.

Ab'errances verbales

On a fini à 6, ou à Sète, je crois. Et finalement, j'ai bien fait de les prendre, ils Montpellier le voyage. Enfin, je les ai quand même emmené jusqu'ici. Je ne vais pas jouer les Hérault, mais vous auriez vu l'état de ma voiture vous auriez compris ou vous auriez vu les tas de cons-pris par ma voiture.

Bon, je sens que ça se Corse et je n'ai pas encore pris le bateau alors je fais demi-tour, je renonce à l'Île de beauté, direction Lille, aux trésors.

Sur les premières froideurs de la journée et avant que mes lèvres ne Gers, je redescends la France, si on considère que le sud est déjà en haut, ou je la remonte si on place le nord en tête et le sud-oku. Donc, je la remonte mais après avoir Montélimar, je suis saisi de vertiges. Je m'arrête un instant pour reprendre mes esprits. À qui ? Je ne sais pas. En tout cas, j'attendais qu'on me les rende. Une fois mes es-pris, je reprends aussi la route, direction le Nord, si je ne l'ai pas perdu.

Une fois dans la Rennes, comme Roselyne à Lyon, cette ville me fait peur. Caen tout à coup de pied, je vois un homme Douai pour les coups de poings, Rouen sa femme de coups. Sur un coup de tête, je décide alors de lui donner un coup de main, à la femme. Rejeté, je fuis rapidement, comme ils le font ici, au pas de calais, pour aller là où se finissent-terre et plages. Face à la mer, je me sens comme un enfant et sous la pluie il ne me manque Quimper-méable. Mais ça c'est un autre père de Manche.

Brest, je suis au bout de mon voyage et finalement je me rends compte que je suis mieux chez moi. Et ne me dites pas le contraire, un logement vaquant-sied bien pour les vacances, certes, maison-n'est jamais trop case-à-nier.

Ab'errances verbales

Potager et vieux amis

J'ai entendu qu'on risquait de taxer les potagers privés. Je n'ai rien contre les potagers, j'ai moi-même de vieux amis, mais qu'ils se mêlent de leurs oignons. Si on ne peux plus cultiver soi-même c'est la fin de l'amour, et non la fin des haricots, car on récolte toujours ceux qui s'aiment.

Donc, pour fêter cette nouvelle qui n'en est d'ailleurs pas une puisque ce n'est pas encore d'actualité. Mais après tout, ce sont ces bruits qui nous font vivre car dans les villes-villes les murmures empêchent que les rues-meurent.

Bref, pour fêter ce non-évènement, je suis invité par mon ami belge, Léon, de Bruxelles. Rien à voir avec les moules, ni avec les choux d'ailleurs.

Arrivé en bas de chez lui, je fais le poireau en attendant qu'on m'ouvre. J'arrive dans la cour, jette un regard vers sa fenêtre ouverte et des pas-murs, c'est un immeuble en bois. Original. Dans mes bras, son cadeau, une nappe à fromages, c'est comme une nappe à fleurs mais avec des fromages, dans un joli papier de vigne.

La porte s'ouvre enfin, je tends la nappe-au-Léon et découvre avec stupeur un bon-appart. J'en profite pour le féliciter d'avoir inauguré son jardin la veille. Mais j'ai du le cueillir au mauvais moment, il n'avait pas l'air en-balais d'avoir fait ses pousses-hier.

L'étable est déjà mise dans un foin du salon. Et là, j'entends tout à coup un sacré bordel. Ses enfants tapent sur un topinambour et Léon hurle pour qu'ils la ferment mais apparemment ils n'écoutent pas Léon-dit. Sans doute que « la ferme ! » aux enfants est beaucoup moins efficace que la ferme à-gricole. Quoique, « si-trouille se montre, calme revient vite », me dit un jour une amie-donnée. Finalement, ils se calment et nous passons à table.

En entrée, c'est par là, sont servis des radis qui n'ont pas encore servi à grand chose. J'hésite. En semaine, je ne suis pas-radis, je suis plutôt pour en-faire du dimanche ou même en faire chez les autres comme le pensait aussi Jean-Paul Sartre. Je me force et au bout du deuxième, je n'en peux plus, c'est radis-cale.

Heureusement, arrive le plat de résistance, je ne compte pas me laisser faire. Les grands plats font les grands plafonniers, me dis-je levant les yeux au ciel, pourvu que celui-ci m'en-voûte. Mais je le trouve fade. « Poivrons ! » me souffle mon hôte de cuisine. Alors je poivre et je sale à manger. Mais rien n'y fait, du logis, personnellement je trouve le plat plat et les conscombles.

Pour me faire avaler tout ça, sa femme, mi-fille mi-raisin et victime de la couperose ayant perdu ses pétales, se porte volontaire, malgré son poids, pour nous servir le vin. Plusieurs bouteilles.

Les-pinards me donnant de la force, je me sens comme Popeye sans son olive et je leur avoue que pour l'instant leur menu ne m'enchante pas, sans me casser la voix. De vous à moi, si j'avoue à eux ce qui me meut à moi, c'est voué à l'émoi, vous voyez ? Bref, Léon s'étonne et d'ailleurs il vaut mieux que Léon s'étonne plutôt que Léon zitrone. Donc Léon s'étonne et ça l'a décomposé, ou salade grecque si tu es plutôt fêta. Laitue ?

Sur ce, on passe à la suite mais on reste dans le salon. J'entame alors ma traversée du dessert. Pour ma part, de tarte, je félicite le pâtissier, mais presque, pour cette petite douceur qui n'est finalement pas terrible. Mais je suis poli, je ne préfère pas lui dire, ça pourrait le contrarier et je pourrais me prendre une tarte. Je préfère éviter, surtout qu'elles ne sont pas terribles ses tartes, mais là je me répète je pense.

Pour couronner le tout, je pensais qu'il allait m'offrir une poire. Au lieu de ça, il ramène sa fraise et m'explique les raisins de sa colère. Ce n'est plus ce que c'était. Je me souviens avoir passé du bon temps chez Léon, c'était la fève du samedi soir. Ce lieu à la mode était une véritable auberge-in. Aujourd'hui, leur ennui vous asperge, avec une pointe de moutarde qui leur monte au nez.

Ici, je me sens maintenant mal à l'aise et tout à coup, je pense à ma douce, ma pomme-pomme girl, le fruit de ma passion. Oh mon dieu qu'elle me mangue. Je me rends compte que c'est l'ananas qu'il me faut. Je me dépêche-melba de rejoindre ma belle-Hélène, rejoindre notre plage dans cet abri-côtier.

Arrivé à ma voiture, je m'énerve, j'ai pris une prune. Quelle soirée pourrie, c'est la cerise sur le gâteau, mais je positive.

Car n'oubliez jamais ceci : si vous navet plus aucun es-poire, mangez des pommes !

Une forme olympique

Les J.O. m'ont donné envie de me remettre au sport. Faut vraiment que je m'y mette car je m'en-Grèce. Ces derniers temps, c'est plutôt sport au caramel avec supplément gras à la mi-temps. Non, il faut que je commence par un truc tranquille, un sport de plaisance. C'est pas le volley qui va me faire pousser des ailes mais faut bien se lancer, de javelot.

Aux avirons de midi, sans beurre et sans reproche (les reproches me font grossir), je me décide donc à débuter par la course à pied, enfin les courses parce que j'avais plusieurs choses à acheter. Arrivé au super-marcher (visiblement je suis allé très vite, c'est un bon début), je vois un attroupement étrange. Il y a eu racket avec violence sur une personne. L'auteur du double délit, ou délits superposés si on aime les histoires à dormir debout, est apparemment un tennisman énervé qui avait perdu ses balles. C'est bien connu, un tennisman raquette quand il sans-balle.

Bref, la vic-team, sans son équipe, est auscultée par une somptueuse femme médecin. Le docteur ès-crime, au fleuret affûté et futée de m'effleurer le cœur, me regarde aussi avec amour. Je passe les poules, les canards, les lapins et me qualifie dans le cœur de la nymphe-fermière.

Pour notre premier week-end, je l'emmène au formule 1 de Monaco voir les grands prix, sur les vitrines. Là dans cette chambre d'hôtel, en boxer et sans gants, j'ai la goal : y'a plus qu'à tirer le penalty.

Après des records d'escalades (pas loin de Monte-Carlo), je décide de la sortir un peu et nous voilà par-tee au club du golfe boire quelques coupes des champions. Je prends du champagne. Elle, pas de champagne, mais-daïkiri, à moitié dans mon lit, enfin c'est ce que les vrais-cons-pensent.

Au bout d'un moment, je suis en nage. Ça tombe bien j'ai pris mon maillot. Ce soir la mer est calme et elle me tend la perche pour un saut, dans cette mare-à-thon.

Pendant ce temps-là, un homme très grand s'approche de ma conquête et lui met la main au panier, sans filet. Je tente alors de l'éloigner de cet

Ab'errances verbales

homme haut, ce qui ne me semble pas être une basse-quête. Le tripoteur, pince de s'en mêler, agite sa braguette magique et la charme. Elle succombe et j'abandonne, c'est pas sorcier. Il, un certain Bob Sleig, a mis 7 minutes pour l'emballer, il a été plus rapide-dating. Encore un cas-raté, je ne vais pas lutter.

En-mêlée au tournoi des saintes passions, je n'en suis pas à mon premier essai. Finalement, elle me plaque et je me retrouve seul au pied du but : visiblement, elle n'en avait rien à foot. Ne me parlez plus de mariage, j'ai perdu les jeux et maintenant je suis incontinent sans anneau, sûrement la prostate.

Dans cette épreuve, voilà ce que j'ai appris : même s'il est important de participer, quand les enjeux de l'un pique et que la flamme brûle pour l'autre, il vaut mieux déclarer forfait. Car, sans sa moitié, d'une paire-due il ne reste jamais qu'un vain-cœur.

Damien Khérès

Une soirée en travaux

Ça y est c'est fait, j'ai déménagé et j'ai pourtant pas ménagé mes efforts. Pour fêter ça, j'ai organisé ma crémaillère, mais aujourd'hui plutôt.

J'ai préparé un buffet Louis XVI à en perdre la tête et les invités pourront prendre au choix, 3 tiroirs et 2 étagères. On ne pourra pas me dire qu'on bois pas chez moi même si je conçois que ce n'est pas commode.

On maçonne à la porte, arrivent les convives ici, bien que je préférerais que les cons vivent ailleurs. En-chantier de les recevoir, je leur sers la pince, sans rire, et les laisse entrer car la faim me tenaille. Aux vieux, je leur dis de ne pas marcher pieds nus, car-l'âge est froid surtout l'hiver même si je fais en sorte que tous se sentent bien-vieux-nus. Aux enfants, je les emmène pas large, dans les chambres pour les endormir et leur chanter une perceuse. Le reste du groupe se joint à moi car-l'heure tourne et j'ai toujours la dalle.

En mangeant, je m'en vais mettre un peu de musique car à cette soirée non déguisée, dans ma maison blanche, je compte bien casser la baraque, obama-squé ohé ohé, mais sans rien abîmer.

Juste avant le dessert, avec encore du brie-collé sur la joue, je fais baisser le volume du rock-fort et fais un discours qui sent le fort-hommage à ma nouvelle maison. Donc, je fais un discours, rapide, dont j'ai l'habitude car il vaut mieux un dis-court bien huilé qu'un bout-long tout rouillé.

Après manger, je file-thé ou café et je propose un jeu de tarauds que seul un ami accepte. Il triche mais je ne dis rien et je perds, sage. Pour en finir, je lui reprends les cartes car je me lasse vite, j'en ai marre-tôt. « Piqueur ! » me dit-il. Quel toupet ! Il me tend le béton pour se faire battre. C'est lui qui pioche des cartes et c'est moi qu'on atterre, de bruyère. Comme je vois ma jardinière je la-pelle pour qu'elle ne rate-aucun échange au cas où ma langue fourche. Mon ami s'emporte, grande ouverte, tandis que je lui retire l'échelle pour qu'il évite de monter sur ses grands chevaux. Je lui promets de l'emmener prochainement dans un salle de jeu où il pourra s'adonner à ses vices car là où il y a du jeu, il y a des vis. Et comme à Valérie, je lui donne ma parole d'ami-dot.

Tiens, voilà sa femme qui apparemment s'est faite ravaler la façade avec seulement quelques briques empruntées à son mari, qui lui, a ravalé sa salive. Pas comme ma voisine, qui à même pas 40 ans, s'est faite retouchée pour pas un clou. C'est ce qu'on doit appeler le brico-l'âge de raison.

Justement, en parlant de ma voisine, je la vois à l'autre bout de la pièce avec un collègue qui la drague. Le regard perçant et les yeux rivet sur elle, apparemment il veut s'assembler. Le courant est passé, quand elle a retiré sa gaine, juste avant qu'il la-cable. C'est le début d'un amour à prise rapide, il en est à ses balbu-ciments. Mais l'ambiance se gâte, de savoir qu'elle s'épile, lui s'efface. Il me dit avoir rendez-vous avec un conducteur de travelos pour aller voir sa prostituée car il a toujours été bien au bord d'elle. Décidément, ce garçon est très étrange ou bien l'électricité dans l'air lui a fait péter les plombs. Quant à ma voisine, elle semble désormais triste, alors qu'elle est si sauteuse d'habitude. À mon avis, mon collègue s'y est un peu mal pris. Je ne vais quand même pas lui filer des tuyaux. S'il préfère prendre la fuite au lieu de couler des jours heureux, ce n'est pas mon problème, je ne suis pas plombier. Je laisse donc s'en aller mon copain-sot, sans les poils, et tente d'aller consoler ma voisine au bout du rouleau.

À part ça, je ne vais pas vendre la mèche car j'ai

Ab'errances verbales

encore besoin de percer au grand jour certaines choses, mais je crois que ma soirée a été une réussite. Tous mes invités ont apprécié mon nouveau chez moi.

Et si l'or-ne-ment que pour l'illusion, je suis conscient qu'un bel intérieur est sacrément important car rien ne vaut un saint décor et d'esprit.

Damien Khérès

Démineur alarmé (et des mineurs à l'armée)

On m'a dit qu'on risquait de rentrer en guerre car un conflit nous menaçait. On fait tous des terreurs dans la vie mais là il faut qu'ils arrêtent leurs simagrées, sauf s'ils prévoient un conflit de canard. Finalement, on me demande de faire un sévice militaire, pour se préparer dit-on, ou barrit-on si on l'a entendu d'un chanteur pachyderme. Alarmé de savoir que je devais y aller, à l'armée, je pleure. Larme en joue, je vise un avenir meilleur où règne la paix mais parfois on n'a guerre le choix.

Heureusement, là-bas, je rencontre Sandra, une militaire quasi-militante soignée au millimètre, et rapidement je lui ai émis l'idée d'un demi-lit à partager.

Je lui montre alors mon nouveau lit indien, le plus beau parmi le new des lits, mais avec moins de monde. Charmée jusqu'aux dents, elle me fait signe de m'approcher. Shiva, avant qu'elle ne change d'avis et l'attire vers moi. J'enlève vite ses vêtements mais mon amie-râle d'avoir perdu son bas-tôt. Je crois qu'elle ne s'y attendait pas, car ce qu'on crois-ière n'est pas toujours vrai aujourd'hui.

L'effet de surprise passé, enfin l'effet de surprise parti car je me sens plutôt à la fête, elle n'hésite pas à m'embrasser dans le cou. En caporal – c'est comme en général mais en moins répandu - on me dit que j'ai plutôt le cou sain et que c'est un cou qu'on embrasse. Justement je lui propose de s'allonger sur les coussins du lit même si je trouve qu'elle est déjà bien assez grande. D'ailleurs, ce sont des coussins à poils, non pas que les coussins soient nus car ils ont des taies, en toute saison, mais parce que je suis allergique aux plumes. Ma couette n'a pas non plus de plumes et à ce propos, il vaut mieux une bonne couette qu'une mauvaise sans-taie.

Tout est donc à poil, même Sandra qui se plaint maintenant de la couverture. Elle ne se sent pas vraiment alèse, car Sandra, la couverture la pique. Je tire alors la couverture à soie à pois à moi. Oui j'aime me retrouver dans de beaux draps. Et c'est ainsi que, tout à coup, Sandra m'attaque, ou Sandra-matique si on préfère quand ça se finit mal. Je tends l'oreiller, pour l'écouter et elle finit par se calmer. Elle me parle de son ex, un certain Georges, qu'elle a jeté comme un vieux slip, enfin c'est ce que soutient-George. Pour lui changer les idées, je fais un peu le pitre mais elle m'arrête tout de suite car cela lui rappelle quand George clownait.

Au final, je lui propose un café que je prends allongé mais debout et elle le prend diurétique au lait-au lait et un peu relevé, en somme un café osé-pisse. La voyant faire des allers-retours aux toilettes, mais toujours avec la classe - c'est ce qu'on appelle être élégant de toilette - je me dis que j'aurais du lui filer du thé, à l'anglaise, à défaut de lui filer un mauvais coton. Et d'ailleurs, le thé c'est le savoir et le bien-être, car toute réflexion n'est que mauvaise sans-thé et dans l'eau chaude la science infuse.

Et là, à mon grand étonnement, elle m'avoue qu'elle n'est pas vraiment majeure, ni auriculaire. De l'avoir à-nu-l'air de rien était loin de la mettre à l'index. Je ne voulais pourtant pas lui passer la bague au doigt. Pour éviter le détournement de mineur, plus facile à éviter qu'un détournement d'avion, je préfère renoncer à cette bombe sexuelle et je me fais à cette idée puisque tank-il y aura des-mineurs, il y aura des bombes, ou l'inverse.

Finalement, je fuis, mais je laisse couler, et je quitte l'armée en fin d'année. Oui, même si je tiens les rennes de mon avenir, j'aimerais éviter les em-bûches de Noël.

Ab'errances verbales

Au final, toute ce récit me semble bien insidieux mais en général tout ce je trouve insidieux, c'est qu'insidieux le veut.

Damien Khérès

Le maire des votes et la mère dévote

On a assisté il y a peu de temps aux élections municipales, et aux voix sorties des urnes, à ne pas confondre avec les doigts sortis des burnes, nettement moins propre, surtout dans les vierges mairies où on préfère l'élection des maires à l'érection des pères.

Justement dans ma famille, mon père a été élu maire mais je continue à le considérer comme mon père et non comme mon maire sinon ma mère se perd. En espérant que cela ne dure pas trop, mais après tout, c'est l'effet-maire.

Donc, comme je vous le disais, mon père est maire, aidé par ma sœur bavarde qui est donc co-maire, et même si elle est complètement autonome elle n'en est pas moins fille au père. Ma mère, elle, est issue d'une famille très religieuse puisque sa sœur, ma tante, est sœur et son frère, mon oncle efféminé, est frère même si c'est plutôt une tante. Quant à mon frère il est masseur, plutôt fils à papa, et a pourtant fait de très longues études jusqu'à la thèse que seule ma mère a encouragé et gardé en son sein : oui, elle est pro-thèse ma mère. En plus, ma mère, l'aînée, couvant ses enfants, bien qu'elle ne soit pas particulièrement croyante, est née au couvent alors que les autres sont nés au dispensaire, enfin je crois, sur ce sujet je suis né-o-phyte et pour moi ils sont né-buleux.

Pour en revenir à la sœur de ma mère, elle est donc très pieuse, et à force de prier pour que ça arrive, elle s'est retrouvée en sainte. Elle a alors rencontré à cette occasion un homme dans son cas, formant ainsi une paire de saints. Même si lui aussi était très pieux, ils ne couchaient pas ensemble, sans être de mauvaise foi. Remarquez, moi je ne suis pas une lumière et on m'allume régulièrement.

Cela me rappelle la fois où mon esprit a fait des siens, rien à voir avec la foi en l'esprit saint, lors d'une soirée à rosé, c'est une soirée où ne boit que du vin rosé et où on n'est donc à peine cuit. Comme un coq en pattes, j'étais alors entouré de filles en poules à vices mais ça n'a pas suffit à m'allumer. Luminaire de rien et comme un homme à vertus en vaut deux, je leur ai payé un pot, sans tourner autour. Car le coq est au vin ce que sont les poules au pot. Normalement dans ces cas-là, le beau-vin est de rigueur dans les tables mais je ne suis pas très à-cheval ni très ferme sur ces principes, quoique le vin me laisse parfois l'estomac dans l'étalon. De toute façon je ne suis pas bon cavalier, ni bon payeur alors je leur ai offert une piquette, du Cristal, un rosé de Provence âpre aux notes d'usure. Et là je n'ai rien vu venir, elles m'ont sauté dessus. Il est vrai que je ne suis pas vraiment clair voyant, je ne suis pas un grand amateur devin, mais là elles semblaient devenues mabouls de Cristal. Sans parler, j'ai fini par fuir par là et partir dans une évasion parfaite, une évasion volée d'un départ pillé, mais en restant groupé. Je mets ainsi un point final à cette histoire, sauf si Guy le met, et ferme la parenthèse.

Pour en revenir à ma famille, mon père s'est donc fait réélire, battant largement le FN dont les soi-disant partisans, en plongée sous Marine n'y voyaient finalement aucune raie-volution. Ma mère, ravie de sa victoire, pouvait compter sur ses vieilles amies dévotes afin qu'il soit prêtre à reprendre ses fonctions sous les meilleures hospices.

Comme quoi, pour être re-traité de maire, il suffit parfois de croire en vieux.

Ab'errances verbales

La fin d'une aire

Les beaux jours arrivant, je prévois demain une balade dans la campagne, et non pas deux mains se baladent dans ma compagne, sauf si c'est les miennes mais là n'est pas le sujet.

Au programme, ou au kilogramme si on aime les poids, promenade à vélo, pique-nique et dégustation de la mer au grand air si les petits poids-sont rouges.

Je m'en vais donc chercher du poisson, à la criée, sans m'abîmer la voix. C'est l'heure, criez pour nous pauvres pêcheurs, maintenant et à l'heure de votre port. Il fallait que je me dé-pêche car je suis souvent à la traîne. Alors, à cette Marseillaise, je commande quelques rougets-de-Lille, sans faire de révolution et m'en vais aussitôt, en courant un peu. Oui je préfère peu courir plutôt que super marcher : je suis un Champion raté qui passe Leclerc de son temps au

Carrefour de son destin, flânant Auchan comme à la ville.

Justement, une fois les courses faites, je pars sur l'herbe déjeuner sur le champ, ou l'inverse. J'embarque tout sur mon vélo-six-rapports pour un pique-nique au soleil car qui déjeune en bronzé, dine-aux-ors, avec des couverts en argent.

Ascension c'est parti. Me voilà pédalant, forçant parfois pour monter la pente, ou la côte, ou la pente-côte si vous avez du mal à choisir. Un ami écolo m'accompagne, qui n'est d'ailleurs pas ma compagne mais seulement un ami petit, à ne pas confondre avec un petit tamis, utile pour renvoyer de petites balles de tennis. Bref, un ami écolo m'accompagne et on finit par s'installer à l'orée d'un bois, en rase campagne, très bien rasée d'ailleurs, plutôt imberbe de Provence je dirais.

J'enviais cette saison qui fait-vriller les feuilles au vent mai aujourd'hui le beau temps se juin à nous, même le jus-y-est pour boire et casser l'acre-août alors profitons-en avant de ne voir le soleil décembre derrière l'horizon. Oui, il est bon de casser la croûte avec son copain de campagne car la-mie est tendre.

Plus tard, j'aperçois un pré au loin et à peine je me retourne que pisse-t-il sur un cyprès pas si loin des phares de mon vélo. Son urine m'é-fleur mais le pauvre est incontinent et il vaut mieux qu'il urine aux phares.

Ab'errances verbales

-Un gîte est tout proche et avant d'y aller j'attends qu'il finisse car je préfère qu'il se soulage ici plutôt qu'il pisse-en-lit dans sa chambre. Je lui fais quand même remarquer qu'il aurait pu être plus discret mais ce sont ses vacances et mon ami écolo nie. Je suis plutôt jeune et fort comme un chêne même si j'avoue être un peu-plié parfois quand je vais au bouleau mais comme tout arbre qui réfléchit, je suis un hêtre doué de raison et je suis loin d'être un gland quand je me dé-chêne. Alors si parfois forêt-agir, je laisse pisser et laisse la folie aux fous car la folie est ce que les fous-gèrent. J'ai voulu lui montrer pour lui prouver mais rien n'y fit, pas même ce que mon mime-osa.

Sans plus attendre, nous allons au gîte avant qu'on ne s'agite mais il est fermé. Heureusement, j'ai emmené aussi une tente que m'a donné mon oncle. Pour la monter, il faudra s'armer de patience car la tente est longue. Mon oncle connaît très bien le problème puisqu'il a très souvent monté ma tente.

Lorsque la nuit se pointe, je ne suis pas rassuré d'être seul sous la tente avec mon ami alors quand-peur te menace, il vaut mieux foutre le camp. On a donc levé le camp, le comment et le pourquoi et on est reparti dare-dare. Dur dur.

Après cette petite ballade, mon ami-bi a changé de sexe et depuis des questions masaï. Je suppose que finalement l'air de la campagne a du lui faire du bien puisqu'il a viré ovaire.

Damien Khérès

Un vernissage ni agité

L'autre jour on m'a invité à un vernissage, encore une fois sans vernis. C'est très amusant cette appellation mais cela vient du fait qu'autrefois l'artiste y vernissait ses toiles ou les finissait face aux invités. C'est un peu comme si une fille m'invitait à dîner mais qu'elle me donnait rendez-vous dans sa chambre au moment de s'habiller, juste avant qu'elle se maquille et j'attendrais alors qu'elle mette son vernis, sage dans un coin.

Bref, revenons à mon invitation, même si je n'ai aucune envie d'y retourner, que je vous raconte cette soirée, enfin de ce que je me souviens car j'y ai bu quelques verres ni sages, ni excessifs mais un peu trop nombreux. Je me souviens surtout de l'atmosphère morose, ou bleue selon l'humeur, sans musique, mais fort heureusement j'avais emporté la mienne.

Au buffet, je me sers une flûte de champagne que je siffle, à tue-tête, et qui me donne donc mal au crâne. Pourtant je sais que de l'alcool je suis son instrument : si ce soir je bois et que j'ai le cul-ivre c'est que j'aurais du m'y prendre à-vent je vous l'à-corde.
Après quelques verres solitaires, l'excitation monte, celle que le café ou que le thé-nia. Déjà, mon esprit tangue-haut dans cette ambiance bas-rock.

Près d'un piano, j'aperçois une fille sublime au décolleté divin, celle qu'on surnomme la trop-bonne à cou-lisse. Elle parle fort sur son portable et autour d'elle ça jase car elle joue du sexe au phone. Je m'installe au piano et il a suffit de quelques touches pour qu'elle crie au violon. L'art scelle toujours des liens très forts et c'est parfois le ciment du couple d'où l'art-scellement moral ou l'art-scellement sexuel. Bref, c'est bien parti. Je pousse ensuite la chansonnette, pas trop loin, mais le piano à queue s'entête, j'oublie les notes. Alors à quoi bon continuer sans tête. Je retourne donc à mes cocktails aqueux dans un discret tête-à-queue. Visiblement, le public n'était pas vraiment enchanté, ils sont pourtant gentils mes chants. Heureusement, elle, a apprécié.

Nous regardons ensemble les toiles exposées et parfois je me demande si c'est de l'art ou du cochon, c'est dire si l'artiste peint comme un porc. Elle, ne connaît pas grand chose à la peinture. Elle est très propre sur elle mais diablement inculte, comme quoi lavoir et lettre ne font pas bon ménage. « Tu vois l'art, Monica, ce n'est pas que du vent », lui dis-je en lui montrant le seul tableau qui me plaît. Je lui fais des avances sans reculer et face à l'assemblée, elle demande que je lui porte un toast. Ne trouvant pas de toast je lui apporte un petit four. Elle n'a pas l'air satisfaite et me dit qu'à la rigueur elle aurait préféré un canapé plutôt qu'un petit four. Je n'en vois pas alors je lui montre une chaise, ce qui ne lui plaît pas non plus. On ne se comprend pas bien mais j'espère bien finir comme ce couple qui s'embrasse sous du gui, tard dans la soirée car après tout rien n'est jamais cithare quand on s'est bien accordé.

Mais l'heure tourne, et je suis de plus en plus bourré, c'est la preuve que le temps-bourre. Allons, ne timbale pas trop vite, me dis-je. Je décide de l'emmener danser car c'est au son des corps que les troncs pètent.

Ce que j'ai simplement réussi à faire, c'est m'exposer, comme les tableaux, aux yeux de tout le monde et j'ai fini le bal avec un coup de pied dans les valseuses sans qu'elle Vienne. Ça m'apprendra à jouer du pipeau...

Ab'errances verbales

Au café frappé

C'est ce matin, à poil devant ma glace, que j'ai pris la résolution de perdre ma brioche et je ne suis pas du genre à me laisser bouffer par le premier vœu-nu. Mon problème c'est un manque d'exercice pour garder la ligne et éviter les courbes. Ne plus être rond pour devenir carré, voilà un problème géométrique intéressant.

Je m'en vais donc pour une promenade matinale car c'est le moment où même si mon surpoids me nuit, la critique ne matin pas.

Tout à coup, un badaud nommé Brigitte a tenté de m'arracher mon blouson et je me suis pris un pain. Comme une bonne pâte et pétri de peur, je me suis étalé sur le trottoir. Je me relève la gueule enfarinée et au bout du rouleau, lorsque j'aperçois à la terrasse d'un café une femme au bout, langer son bébé. Je tente une approche en lui demandant naïvement ce qu'elle fait. Elle me répond sèchement qu'elle va changer son fils. Il est pourtant mignon, j'ignore pourquoi elle désire en avoir un autre à la place. Je ne vais pas en rajouter une couche surtout s'il en a déjà une, alors je fais mine de partir, à défaut de faire mine de crayon car je l'aurais bien croquis. Mais elle me retient en disant qu'elle cherche quelqu'un pour du baby-sitting. N'ayant aucune envie de m'asseoir avec son bébé je lui indique une personne en lui expliquant où elle crèche.

Je m'installe à une autre table et décide de me reposer au soleil afin de redorer mon blouson, celui qu'on a tenté de m'arracher. Et là, baigné de soleil, sans sucre, j'observe les passants de cette rue piétonne, anonyme, car je ne suis passant-savoir ce que piéton-niait. Je fume, commande à boire et ma vision se fait de plus en plus acerbe. Et d'ailleurs, il vaut mieux une vision à-serbe que des yeux slaves, enfin question de point de vue, car si les yeux slaves c'est qu'ils sont sales. Bref, ma vision se fait de plus en plus acerbe et effectivement, après quelques verres et six-clopes, j'ai l'œil. J'arrête mon regard sur une fille, un vrai bolide bien carrossé comme ces voitures où Prost-y-tuait son temps. Elle doit probablement bien enrichir ses proxénètes car une pute efficace a toujours fait de bons mac-à-ronds. Je commande un café et un baba au rhum et à la vue de cette fille je me dis que j'aurais bien trempé mon biscuit dans ce café.

Ab'errances verbales

Finalement, je déguste mon café, me détends, je mets mes lunettes et allume mon pétard mais avec la chaleur mon baba coule. Restons zen. Quand tout à coup, je vois un type au teint chocolat, fondant sur moi, mais sans la crème anglaise, me priant d'éteindre mon joint que je venais à peine d'allumer. Je ne m'attendais pas à ce gars-tôt, surprise de taille. Je l'éteins, le joint, pas le type puisqu'il est déjà teint. Une fois qu'il est parti, le type, je le rallume, le joint, et le passe au chinois, un voisin de table avec qui j'ai sympathisé et qui ne fume que la journée et donc passoir.

Arrive alors une religieuse, accompagnée des clercs, au café et je me demande si tout cela est bien réel. J'en reste comme deux ronds de flan devant leurs tenues dont je n'ai pas l'habit-ude et qui ne semblent être même pas-tissées.

Je m'en vais me mettre un peu d'eau sur le visage et en passant par la cuisine, je vois la cuisinière qui étale la farine et repousse le sarrasin pendant que Charles martèle la pâte de ses poings.

Revenu en terrasse, deux femmes beurrées se crêpent le chignon, sûrement des bretonnes. Elles s'envoient des tartes et se cognent-à-mal. Tout ceci devient n'importe quoi, je crois qu'on va droit dans levure.

Je réfléchis mais le calcul est vite fait. Je quitte la table, de multiplication, après avoir payé l'addition et m'en vais retrouver Charlotte dont je suis gâteau, et au diable ma brioche !

Vieilles chaleurs

Par ces fortes chaleurs, il faut bien penser à s'hydrater pour ne pas se déshydrater, ou boire pour éviter les déboires. Tiens d'ailleurs, "déboire", là, n'est pas l'inverse de "boire", ce serait plutôt "dégueuler" qui du coup n'est pas non plus l'inverse de "gueuler". Ce dé-but de texte n'est pas le but pour moi de vous tuer avec ces complications linguistiques car avant la fin vous seriez dé-funt. Bref, je m'é-gare et je reviens à mon sujet avant que vous ne perdiez le train.

Donc pensez bien à vous hydrater par ces fortes chaleurs. Quant-à Bertrand, ne le laissons pas trop boire quand même, il peut avoir la main lourde.

En ce qui concerne les vieux, ils tombent comme des mouches à cause de la chaleur, et finissent la tête à l'envers : oui, la canicule-bute parfois. Et souvent la canicule-mine en attitudes, surtout chez les grands. Il est vrai qu'il vaut mieux un froid douteux qu'un chaud sûr et que, si ceux qui ont froid peuvent s'habiller, pour les autres, ça leur fait les pieds car au mieux les chauds-sont à poils. En plus, si les vieux meurent, on dit souvent que c'est la faute des jeunes. Mais là de quoi ils semelle, je n'y suis pour rien moi. Lacet d'entendre ça, je décide de me rendre utile dans une maison de retraite, pour m'occuper de tout ce qui est traitement des os usés, ça coule de source. Et d'ailleurs avec moi, ils sont tous bien traités et retraités. Je fais donc un peu de bénévolat, signe de ma générosité, car quand bénévole il le donne aux autres, et preuve de ma gentillesse puisque même si le bénévole, il est honnête et loin d'être une brute, sans les taxes. Rien à voir avec le non bénévole qui lui est au net : un brut avec les taxes.

Bref, je me retrouve dans cet endroit dont on dit sénile le lieu, ni l'endroit d'ailleurs mais où tous semblent heureux : me voilà en terre-happy contre le mal dont je ne connais aucun saint-homme. Car tous les aide-soignants qui sont là ont du mérite même si certains sont tristes, c'est ce qu'on appelle le blues de l'infirmière, avec rien en-dessous. En revanche - bien que je n'ai pas encore perdu une partie - d'autres n'ont pas la tristesse sincère mais ces médecins-là ont fait le serment d'Hypocrite. D'ailleurs, ces médecins d'apparence, ces médecins de silicone avec leurs sentiments en plastique, jamais je n'irai les voir. Le jour ou j'irai consulter médecin siliconé c'est que je me serai fait opérer de la poitrine, après avoir changé de

Ab'errances verbales

sexe. À ce propos, si certaines filles font cette opération, c'est pas qu'elles aiment les maths mais c'est souvent pour ressembler à leur idole. Alors attention mesdemoiselles, si l'icône vous manque, restez naturelles.

Revenons à ma maison de retraite, voulez-vous. J'observe à présent ce festival de cannes et de déambulateurs dont les stars sont des flambants veufs et des veuves noires, veuves de ces hommes qui un jour ont été appelés à-régner.

Tout à coup, j'entends qu'on me scalpel par mon nom, qui est un peu à couper au couteau je vous l'avoue. Un petit vieux vient vers moi et me regarde fixement pendant que je mange : il est envieux de voir ce que je déjeune ou peut-être qu'en vieux il est jaloux de voir des jeunes. Il se met alors à me raconter son histoire. Il a apparemment beaucoup voyagé avant de finir à l'hos-pisse, à croire qu'avec tous ces pays il en est devenu un-continent. Pourtant bien cadré dans son enfance, après plusieurs années de droit tout est parti de travers. Il a épousé une femme qu'il n'aimait pas et dont le poids dépassait l'énorme, horreur que son époux-vante encore. Elle tenait un magasin de disques mais elle a décédé : elle aurait mieux fait d'avoir des disques. Toute sa vie il a avalé des couleuvres et malheureusement devant la mort la vie-perd et c'est là qu'Alzei-meurt. Après il a oublié. Ici, il a quelques amis qu'il a sélectionné méthodiquement : entre amis on se choisit, me dit-il, on se trie potes et on garde les meilleurs afin que les pros s'tatent.

Après cette discussion, je lui propose de l'aérer un peu car il sent un peu le renfermé, surtout avec cette chaleur. Je cultive mon nouveau pote-âgé afin d'en récolter les fruits de sa réflexion et il accepte finalement de faire une petite balade.

Arrivé près de la voiture, il tremble lorsque sa clé de parking-sonne. Je sens qu'il hésite. C'est alors que j'aperçois Catherine, une petite vieille de mon quartier, nouvelle arrivante dans la maison de retraite. Catherine l'aborde pour lui parler de la pluie et du beau temps et il semble tomber sous le charme. Comme quoi, il lui a fallu du temps pour tomber amoureux mais comme on dit, l'amour tarde à l'ancienne, ce qui lui monte au nez.

Sur ce, je le laisse à l'élue de son cœur, sa nouvelle compagne électorale, car cette histoire va sûrement finir au lit, sur l'oreiller : voilà ce qu'on appelle une passion des taies, le temps de leurs dernières chaleurs.

Ab'errances verbales

Comme une lettre à la poste

Tiens, voilà encore une nouvelle grève, celle des facteurs qui ne veulent plus travailler car ils se sentent suivis dans leurs déplacements. Apparemment on les piste, alors ils ripostent mais les gens pestent, lettre humain est comme ça.

Cela me rappelle quand j'étais petit, je voulais devenir facteur de cinéma et apporter les lettres à mes stars préférées voire même apporter les lettres de mon moulin à Alphonse s'il voulait. Je me voyais bien : « J'inspire et Shakespeare avant de rentrer en scène et là je crée le suspens, lettre ou ne pas lettre ? Telle est la question que je pose à celui qui attend son courrier ». J'ai même pensé être facteur studio mais c'était devenu vite trop étroit pour mon ambition et bien trop petit pour mon costume trois pièces, il manquait deux chambres.

Aujourd'hui je préfère travailler pour les mots et leur apporter leurs lettres de noblesse.

À cela, plusieurs facteurs, sans la casquette. J'ai connu un postier pas bavard, il avait toujours plein de lettres sur lui mais incapable de sortir un mot. Jusqu'au jour où il a osé m'accuser de réception, je ne l'ai plus recommandé et je n'ai plus voulu être facteur. Remarquez, amateur de mots j'aurais pu aussi devenir libraire par exemple. Et puis, faute de livrer des plis, j'aurais pu plier des livres. En plus, comme un crayon, j'ai toujours bonne mine, même les traits tirés, et j'arrive à garder la ligne en ayant des courbes, alors c'était peut-être mon dessein de finir dans la vente, dans la vente de livres plus précisément car c'est dans cette voie que se dessinait les contours de mon avenir. Mais malheureusement, j'ai rencontré un bibliothécaire qui en prenait plein la gueule : un véritable book-émissaire. Faut dire qu'il le cherchait car peu importe sa Bible, électrisé d'un Coran continu, il parlait religion à Torah et à travers. Mais du coup, je n'ai plus eu envie d'être dans les livres et j'ai tourné la page.

Pour en revenir aux facteurs, ceux de la poste, j'y suis allé, à la poste, et comme d'habitude il y avait une longue file, une file française, un peu désordonnée où chacun essaie de se doubler. Rien à voir avec la file indienne où là-bas tout le monde est bien rangé, un peu comme la file harmonique. Ce n'est pas non plus la file-à-télie où là, par contre, tout le monde est timbré. Bref, il y avait beaucoup de monde.

Au bout, un homme gros avait des plis qu'il voulait envoyer mais il râlait sur les charmantes guichetières. Ce gros n'avait pas seulement de l'embonpoint car il était gros en tout point, pas vraiment un bon point pour ces jolies demoiselles. De toute façon, il était très désagréable et elles n'en pouvaient plus. Comme quoi, il faut que le con poste pour pousser les belles plantes à bout. Ce n'est que quand ce timbré a franchi la porte que la file a pu avancer. Et moi j'ai affranchi ma lettre d'un timbre, ce qui est bien moins héroïque que d'affranchir un esclave qu'on n'a d'ailleurs pas besoin de lécher, mais ça reste quand même un peu moins cher.

De toute façon, comme mon facteur dit toujours, il n'y a bien qu'au-lit qu'on évite les frais d'envoi même si on doit s'envoyer de gros paquets.

Damien Khérès

Ces jours linguistiques

L'autre jour j'ai gagné un séjour à l'étranger dans un grand hôtel avec sauna près de la mer. Je ne suis pourtant pas à voile et à vapeur mais j'ai accepté car j'avais besoin de l'air-d'lammer. J'avais des trous dans mon emploi du temps, un vrai gruyère, et il fallait me ressourcer, psychologiquement je n'avais plus l'emmental de fer. Je mets donc les voiles, et dieu sait que je n'aime pas couvrir les femmes, pour me laisser porter par ce vent de vacances sur la vague du séjour « tout compris » à un prix tout con. Il n'y a pas le feu au lac mais il étang enfin que je me mare un peu.

Arrivé à l'hôtel, je me rue au sauna qui n'attendait pas si tôt ma-venue. Une fois à l'intérieur, je distingue un homme, comme un gorille dans la brume, qui lui est plutôt à vapeur, à en voir son regard. Je m'enfuis et à

Ab'errances verbales

l'italienne je me rhabille illico pesto : c'est quand on a trop-hâte de terminer.

Peu de temps après , je me rends compte que j'ai perdu mon slip, pas comme la fois où en ayant trop bu j'ai fini en slip sans rien d'autre sur moi après ce qu'on peut appeler un slip-tise. Je vais alors à la réception, pas pour voir s'ils ont reçu mon slip mais pour savoir si je peux en avoir un autre, « i need a slip » lui demandais-je, ne sachant pas dire slip en anglais même si je trouve que slip ressemble plutôt à un mot anglais. La dame de l'hôtel me conduit alors dans une chambre mais n'ayant aucune envie de dormir tout nu, surtout si Christian Dior à côté, je préfère me défiler de mode et tant pis pour le slip.

Je m'en vais de ce pas, en marchant bien droit le long d'une ligne imaginaire telle un rail de coco Chanel et je rejoins le salon aiguille, celui qui fait mal aux fesses quand on s'assoit. Je trouve là une célèbre mannequin de magazine, bien plus sexy qu'un mannequin de magasin, et elle se met à me parler. Je ne m'attendais pas à recevoir quelques mots-d'elle, une manne-qu'un hasard aussi agréable se produise un jour. Apparemment on dit d'elle qu'elle s'en-robe, mais je préfère la voir en jupe. Sous son fard à fossettes, comme l'actrice, il me semble apercevoir des bleus. Je la regarde sous toutes les coutures, et à coup sûr elle doit être triste, car sous les coups dure la souffrance et la vie reste un coup dur : battue à plate couture, elle s'est dédiée à la haute. Elle a du mal à se confier ou après tout tout elle a peut-être du mal à se fier à un con, mais elle m'avoue avoir pris des coups chez l'un car elle n'a pas voulu coucher l'autre. Pâle d'avoir laissé un lit-vide, elle a honte, mais je lui explique qu'elle doit absolument porter plainte, que ces gars-là n'ont pas besoin de couverture car il n'existe pas de coups-sains. Convaincue, et moi con vainqueur, elle m'affirme qu'elle ira dès demain dans un magasin de bricolage pour porte et plinthe. On n'a pas du se comprendre, je ne parle vraiment pas bien anglais.

Je retourne ma veste, à défaut d'en prendre une, et la laisse avec ses stylistes prêts à en découdre avec des ourlets mal faits, et qui avec leur sale caractère m'auraient sûrement tailler un costard.

Dommage, pas pour le costard mais pour elle, car je lui aurais bien proposé de dîner avec moi dans le restaurant mexicain de l'hôtel, pour ne pas manger seul.

Dans la salle, qui est plutôt propre, j'aperçois un cuisinier élégant qui porte très bien la toque et d'ailleurs il vaut mieux un cuisinier en toque qu'un cuisinier antique. Ce qui n'est d'ailleurs pas le cas pour les bijoux car il vaut mieux un bijou antique qu'un bijou en toc. Mais personnellement, je préfère avoir un tic qu'un toc, un peu moins gênant il me semble.

Bref, après avoir essayé de manger ce que je n'ai pas commandé, je décide quand même d'en avertir le maître d'hôtel, ou le maître des lieux, surtout que je n'ai pas aimé. Avant de le voir, plusieurs serveurs sont venus me voir en me disant « T'es-qui là ? ». Des mexicains j'en ai vu, mais des mecs si cons, jamais. Des sombres-héros à la tête vide et lui, le responsable, encore plus, c'était vraiment un-cas, un maya avec une taille de guêpe. À la fois viril et efféminé, il était une sorte de macho-p'ti chou, une brute qui se tortilla les fesses, au maïs, bien entendu. Bonjour l'exotisme.

Arrive alors la note, elle est salée et je n'ai plus ma carte, on me l'a sucré. Ça me fait penser qu'en Équateur, ils payent en Sucre, non pas parce qu'ils soutiennent le diabète mais parce que c'est le nom de leur monnaie. Et donc, ils payent en Sucre même si la note est salée. Amusant. C'est comme payer en Livre même si on ne sait pas lire ou payer en Lire à l'aveugle sans que personne ne braille. En même temps, il vaut mieux des sous sous l'Équateur que de l'Argent-inespéré. Bref, sous le choc, je fais un chèque à cet homme chic, l'estomac encore vide.

Finalement, j'ai appelé un livreur de pizza, au scoot toujours prêt et j'ai mangé dans ma chambre.

Le séjour n'a pas été formidable, ponctué ainsi d'étranges échanges, mais je ne peux pas faire en sorte que l'étranger change. Car après tout, la situation est un cas d'école : ma langue est maternelle et moi je suis primaire.

Damien Khérès

Cessations d'activités

Cette année j'ai décidé de m'inscrire à une activité culturelle, mais pas facile de choisir ce qui nous plaît parmi la pléthore d'activités sans la peur d'avoir tort. Et après tout, oublions les préjugés : prends ce que tu veux, tord le coup aux idées reçus et pour te protéger mets ta carapace avec conviction car de toute façon le tort-tue.

J'ai donc commencé par faire de la danse de cuisine, c'est comme une danse de salon mais qu'on danse dans la cuisine. Et là il faut bien faire attention à ne pas se marcher sur les pieds ni les mettre dans le plat. Les cours ont lieu dans un petit palais, pas moche non plus, dans une salle décorée de belles boiseries. Le menuet servi, nous enchaînons sur une salsa piquante pour réchauffer le palais tandis que Manuel valse, sans

Ab'errances verbales

partenaire et sans-bas d'ailleurs, ce qui nous permet de dire que visiblement ça lui plaît. Ainsi-danse sans encombres le Manuel du débutant, bizarrement, certes, mais il vaut mieux le laisser : oui, je fais parfois preuve de grandeur quand des-cas-dansent.

Ma partenaire de danse, Anne, ne l'a pas été longtemps car j'ai du abandonner. Non pas à cause d'elle puisqu'en tant que motard je l'avais prévenu : « Attention, pas de prise de bec Anne », mais à cause d'une blessure. Je suis monté sur le dos d'Anne, un peu arrondi et j'en suis tombé me tordant la cheville. Même si à-banc-donné je préfère rester debout, j'ai été finalement obligé de m'asseoir. Anne se retrouve seule et cale : Anne sèche, comment va-t-elle trouver un nouveau partenaire ? Heureusement, elle a un roux de secours. Il marche au radar mais il a flashé sur Anne qu'il aurait bien verbalisée pour excès de beauté d'ailleurs. Avant chaque cours, ils s'embrassent sur la joue pour donner l'impression d'une véritable cohésion : « Bisons bien mais bisons futé », leur avait dit le prof.

Bref, j'ai finalement quitté la danse et elle y est restée et je crois qu'elle a même été élue meilleure danseuse lors du gala de fin d'année. À cela, le prof et Anne-y-versèrent une larme couronnée d'un gâteau surprise.

Ne pouvant plus faire d'activités physiques, je me suis alors inscrit à un court de chant. Aller au chant me fera du bien me suis-je dit. Justement je connaissais quelqu'un, Bernard, un ancien chanteur. Il a bouffé de la chanson et mangé à la comptine depuis sa plus tendre enfance. Fils de paysan, et ayant grandi dans les chants, on lui avait toujours dit : « Si tu bats l'avoine, tu finiras chanteur avec beaucoup de blé ». Et comme les champs sont populaires, il est devenu chanteur de variété puis professeur de chant à la ville. Comme quoi, même au chant, Bernard, la ville-y-est.

Il a tenté de m'apprendre à faire vibrer mes cordes vocales, ajoutant ainsi une nouvelle corde à mon arc. Le Robin des voix, on m'appelait, car je prenais les notes riches pour les rendre pauvres. Bref, je n'étais pas fait pour pousser la chansonnette, elle ne tenait déjà plus debout.

Je me suis alors rabattu sur un club photo. On nous apprenait à être capable de trouver des sujets, et à les mettre en lumière. Et justement, j'y ai trouvé un Canon, de beauté, dont j'avais pris le Reflex de la prendre, en photo. J'aimais bien la prendre sous tous les angles. Un jour, je la vois légèrement vêtue et sous une belle lumière alors je me dis, tiens je vais m'en prendre une, de photo. Excité, je l'emmène dans ma chambre noire pour lui montrer l'objet de mon enthousiasme. Je regardais la photo pendant que je la tirais, la photo, et une fois que je l'ai tirée je lui montre. Je crois que ça lui a plu à en voir ses yeux briller. J'aimais l'avoir contre moi le jour et à contre-jour la nuit.

Et puis tout a basculé. À contrecœur et très triste, j'ai arrêté la photo. Il valait mieux, je ne voulais pas développer davantage le négatif dans cette histoire digne d'un roman-photo. J'ai tâché de faire les comptes et d'analyser tout ça mais noyé dans les chiffres et les schémas, je me suis perdu. Alors si aujourd'hui j'ai perdu de vue mon objectif, c'est la faute-aux-graphes.

Vous l'avez compris, je n'arrive pas à aller au bout de mes activités, car tel un magicien dans un jardin d'enfant, j'ai toujours mon tour-niqué.

Damien Khérès

Enterrement d'accord

L'autre jour, j'ai été invité à un enterrement de vie de garçon. Et là il ne faut pas que les amis du futur mari ne manquent à la pelle, sinon l'enterrement aura du mal à se faire. L'appellation m'a toujours surpris, ça ressemble à une espèce de rite initiatique où on sacrifie quelques neurones sur l'autel des derniers moments de célibat, comme la célébration du passage à l'âge adulte bientôt privé de liberté.

Donc, je suis invité à l'enterrement de mon ami Ray, à son EVG, à ne pas confondre avec IVG où là il est très rare qu'on y soit invité. Loin de moi l'idée d'hanter-Ray mais j'espère qu'il a fait le bon choix, même si ce n'est qu'un pacs. En même temps,-pacs n'est pas vraiment un mariage et pas besoin de sortir du corps en-saignant pour l'affirmer. Et puis pacs d'amour ou pacs de bière, je n'ai pas grand chose à dire, tout n'est qu'une histoire de capsule.

Bref pour sa soirée, j'avais pensé convié Daniel au deuil pour mettre un peu d'ambiance mais il n'a pas pu venir. Nous lui proposons alors une petite mise en bière pour commencer, c'est comme une mise en bouche mais avec de la bière puisque de toute façon il n'est pas vraiment prévu de manger. Il s'est bien consumé plusieurs dizaines de bouteilles avant que Ray ne faiblisse. D'origine tonique d'habitude, mais sans glaçons, il semblait de plus en plus fatigué mais tant que Ray-veille il n'est pas près de se coucher, et il est plutôt résistant. Faut dire qu'il est tombé dedans depuis tout petit avec des parents portés sur la bouteille. Ainsi-né Ray dans une famille au foie brûlé par l'alcool.

Donc, ce soir-là, il était complètement rond car-Ray avait fait tous les barres à vin au point qu'il a été tréma-lade, à la virgule près. Il a vomi partout, même sur ses pompes, funèbres pour l'occasion. Point-bar, et retour à la ligne. De toute façon, au petit matin, il s'est tiret avec une finlandaise ou une norvégienne, je ne sais pas trop, elle avait un air grave et un accent aigu, j'en suis resté circonflexe. C'est enterrement qu'on devient con et là il a fait bonne pioche.

Le lendemain, je vois un attroupement et Ray au milieu, pas bien coiffé, portant des lunettes noires, non pas que ce soit plutôt indiqué pour un enterrement mais surtout parce qu'il avait tellement la gueule de bois qu'il aurait pu cracher de la sciure. Et d'ailleurs il porte très bien les lunettes noires : classique ! puisque Ray-ban.

Estelle, sa future femme, ou sa future pacsée, je ne sais pas comment on dit dans ce cas-là, faisait aussi la gueule. Inquiet devant une Estelle mortuaire, Ray m'a demandé de ne pas lui donner les détails de son enterrement. Ce n'est pas pour rien que j'ai été nommé témoin, mais il peut compter sur moi, je suis une tombe, même si je ne suis pas enterrement d'accord.

De toute façon, boire comme un trou et ne rien dire, ne fait que creuser l'indifférence, et ne plus être sincère-cueille leur union trop peu mûr pour être gravé dans le marbre. Avec des fleurs jaunes pour la mariée et des crises-en-thème de loisirs, parfait pour un dépôt de gerbe. Au moins, ça lui rappellera son enterrement, et c'est-metière à réfléchir...

Ab'errances verbales

Entre les lignes

Voici quelques lignes en histoires ou quelques histoires linéaires qui suivent les lignes du métro parisien en passant dans l'ordre par chacune des stations. Métro n'en faut, sous peine d'indigestion, seules quatre sont mises en mots car il faut bien garder la ligne.

Ligne 1
Escale forcée

J'ai souvent tendance à prendre **La Défense** des plus faibles dans des tirades très longues, qui ne sont plus des argumentations mais des **Esplanade de la Défense**, c'est dire si les gens ont le temps de s'ennuyer pendant que je parle. Pas de quoi se jeter du **Pont de Neuilly** non plus. Mais là c'est décidé j'arrête de perdre trop de temps avec. D'ailleurs, j'ai décidé de partir un peu en vacances. J'ai besoin de plage, de repos, **Les Sablons** à perte de vue. En priorité, j'em**Porte Maillot** et serviettes dans ma valise pour l'**Argentine** et direction l'aéroport Charles De Gaulle. Mais à cause de grèves, je suis bloqué et à force de gueuler, on m'offre la nuit au **George V** dans la chambre où parait-il a dormi **Franklin Roosevelt**, ça me fait une belle jambe. Comme je ne pars que le lendemain et que j'ai à ma disposition tout un tas de trucs à regarder à la télé, j'en profite pour regarder **Champs Elysées**, mon émission préférée.

Après 3h de visionnage, je me rends au restaurant où je rencontre un sacré personnage. Il a commencé à travailler dans des **Tuileries** et maintenant il vit dans un **Palais Royal** dans je ne sais plus quel Émirat. À mon avis, y'a de la magouille là-dessous mais je n'ai rien dit car si je **Louvre**, il est capable de m'enfermer dans un de ses **Châtelet**. Cet hôtel n'est pas n'importe quel **Hôtel de Ville** mais il faut quand même se méfier des gens qui le fréquentent. Comme Saint Thomas, je ne crois que ce que je vois mais comme **Saint Paul** je doute sur ce que je ne vois pas.

Bref, après une bonne nuit de sommeil, je retourne à l'aéroport et ses grévistes, révolutionnaires dans l'âme, qui seraient capables de reprendre la **Bastille** s'il fallait. À leur re-**Gare de Lyon**, je vois cette rage fauve dans leurs yeux. Et malheureusement pour moi, je pense que ce n'est pas non plus aujourd'hui que je pourrai partir. Comme à **Reuilly-Diderot** en son temps, à l'aéroport-moi je ne m'énerve pas car je sais que ce qu'ils font c'est pour le bien de la **Nation**. Et si je m'em**Porte, de Vincennes** on entendra parler de moi. Maintenant, mon dé-**Saint:-Mandé** mon meilleur ami à venir prendre l'a-**Bérault** dans un bar branché pour me remonter le moral avant qu'on m'enferme pour folie dans le donjon du **Château de Vincennes**.

Ligne 2
Promenade digestive

De **Victor Hugo** à **Charles De Gaulle***, l'histoire est **Ternes**. Mais laissons ça de côté pour le moment. Devant moi, **Courcelles** que je convoite et que je tente de rattraper, trimbalant **Monceau** d'eau destiné à me rafraîchir et dont je dois bien **Villiers** à ne pas le renverser. Ses a-**Rome** sont envoûtants et je prends la **Place de Clichy**, bien meilleure que la mienne, pour me rapprocher de sa **Blanche** peau. Mais ça devient difficile.

Bon tant-**Pigalle**-ère de la suivre. Je repars à l'**Anvers** direction le barbier car ma **Barbès**-si longue.

Passant devant **La Chapelle**, je prie pour **Stalingrad** et je me demande finalement ce que je fais là, si **Jaurès**-su je ne serais pas venu ! Heureusement je croise le **Colonel Fabien** qui m'invite à découvrir sa **Belleville** avant son rendez-vous chez le dentiste qui doit lui poser une **Couronnes**, mais sur une dent, car il n'est pas encore temps qu'il soit sacré roi. C'est cher, **Ménilmontant** ni la souffrance ne le feront changer d'avis. Bref, nous marchons jusqu'à cette église ou je demande au **Père Lachaise** pour m'asseoir, histoire de me reposer un peu. D'ailleurs, le père ressemblait étrangement à **Philippe Auguste**, ou à **Alexandre Dumas**, je ne sais plus, je les confonds toujours tous les deux. De toute façon, je ne ferais jamais l'**Avron** de lui dire, je n'oserais pas, je ne suis qu'un humble soldat de la **Nation**.

* Etoile

Ligne 3
Reconversion ratée

Je suis tom**Bécon** quand j'ai appris qu'un certain **Anatole France** avait vraiment épousé ma voisine **Louise Michel** qui tous les matins me trans**Porte de Champerret** à mon lieu de travail. Je croyais que c'était une blague. Faut dire qu'avec tout ce que je fume, je ne suis pas à l'abri d'entendre une connerie. D'un **Pereire**-boriste et d'une mère pharmacienne, vous comprendrez mon attrait pour les plantes qui font du bien. Et ma consommation personnelle **Wagram** en grammes, et parfois j'ai tellement mal au crâne que je me demande si je n'ai pas choisi **Malesherbes**. Je me dis toujours que je choisirai mieux la prochaine fois mais en règle générale, l'herbe à la **Villiers** moins bonne, mieux vaut la prendre à la campagne. Et en **Europe**, pas très loin, on regorge de belles campagnes. Il ne me reste plus qu'à trouver la mienne, car comme **Saint-Lazare** je crois au destin et l'hasard n'existe pas, seulement son saint. Bref, jusqu'à ce qu'un jour je trouve finalement un endroit magnifique mais malheureusement de paix ce **Havre-Caumartin** n'est réservé. C'est étrange, mais ne m'appelant pas Martin je n'y ai donc pas droit.

Alors l'autre jour, après un **Opéra**, je me souviens c'était un **Quatre-Septembre**, j'ai pris mes **Bourse** et je suis parti sur le **Sentier** de mon destin vers un avenir meilleur. Sur mon chemin, je croise un russe qui dessinait des ca**Réaumur – Sebastopol** s'appelait-il. Il semblait avoir fait les **Arts et Métiers** artistiques tellement c'était créatif. Par contre, c'était sur le mur d'un **Temple** et il écrivait aussi des propos enragés contre la **République**. Pour le calmer, je lui offre un **Parmentier** de canard au bistro du coin, dans la **Rue Saint-Maur** et je montre à mon com**Père Lachaise** pour qu'il s'y assoit et mange. Mais toujours très énervé, il a commencé à me menacer alors j'ai pris mes **Gambetta** mon cou et je me suis enfui. Dans ma précipitation, je me suis pris une **Porte de Bagnolet** j'ai perdu connaissance. Apparemment, on a retrouvé le fou russe qu'on a attaché et le **Gallieni** m'avoir rencontré. De toute façon, à mon réveil j'avais tout oublié.

Ligne 11
Le vieil oncle

La réception se déroulait dans un petit **Châtelet** après la cérémonie à l'**Hôtel de Ville**. J'ai g**rambuteau** dans la soirée et du coup j'ai été bourré un peu vite. Mais je me suis repris rapidement quand un vieil oncle de la famille du marié qui avait fait les **Arts et métiers** est venu me parler de la **République** et de ses dérives. À mon élocution et mes phrases d'une grande richesse, il a bien du se rendre compte que je n'étais pas du genre à gagner le prix **Goncourt**. Alors il s'est mis plutôt à me parler de sa **Belleville** dans les **Pyrénées** et nostalgique il m'a dit que le **Jourdain** mariage était pour lui le jour le plus beau d'une vie.

Sur la **Place des Fêtes**, l'ambiance commençait à chauffer alors je suis parti danser en laissant mon vieil ami. Il m'a laissé ses coordonnées pour que je lui envoie un **Télégraphe** (il ne s'était pas encore mis au téléphone portable) et que je lui emmène jusqu'à sa **Porte, des Lilas**, où il habite près de la **Mairie des Lilas**.

Ab'errances verbales

Problèmes mathématiques

Il m'arrive de temps en temps de me poser des questions existentielles. Par exemple, pourquoi met-on une pizza ronde dans une boite carrée pour la manger en triangle ? Je tourne en rond malsain dans un cercle vicieux.

Je n'ai rien contre la géométrie mais il y a parfois des choses que je ne comprends pas bien. Comme les femmes qui cherchent à garder la ligne en ayant des courbes, tout en se tenant droite. Il y a aussi celles qui préfèrent un homme carré à un homme rond, surtout en soirée, et pourtant un rond, de n'importe où, est bien plus doux qu'un carré du coin, enfin c'est un angle de vue. Quoique, en y repensant, un homme carré qui a trop bu peut être rond et un homme rond peut aussi très bien avoir la tête au carré, surtout s'il a croisé l'homme carré rond à cette même soirée. Tout ça est bien une remarque carrément louche et rondement menée.

Moi j'ai tiré un trait sur tout ce qui est carré, pas très attiré par cette forme, mais du coup je suis rarement en forme, avec les traits tirés.

J'ai omis de dire que je ne cherche pas non plus à comprendre car géomètre ce que je n'ai pas à l'élève.

De plus, puisqu'on est dans les maths et qu'on parle de moi, je ne suis pas très bon en calculs, et notamment en calculs mentaux, sauf peut-être en calculs rénaux, et d'ailleurs c'est pour cette raison qu'on a toujours dit de moi que j'étais bon à rein.

Par contre, je ne suis pas mauvais en opération, même si je ne suis pas chirurgien, ce qui m'a valu de donner ce précieux conseil à un ami qui trompait sa femme : « Se soustraire à ses pulsions et multiplier les occasions, c'est diviser ses émotions avant d'en payer l'addition », lui ai-je dit. Simple logique mathématique. Je ne l'ai pas retenu mais il m'a envoyé promener et est quand même parti avec sa maîtresse. C'est comme quand tu promènes ton chien, plus tu le retiens attaché et plus il tire, c'est le théorème de ta-laisse. Lui, il tire beaucoup trop manifestement. N'y voyez pas d'allusion obscène et je sens bien que mon discours diverge, mais qui diverge... Bref.

En plus, ce vieil ami pas tout jeune et d'humeur

concave est plutôt quelqu'un qu'on vexe et au lieu de laisser sa fierté à la cave, elle est l'accent circonflexe sur sa tête aux accents graves et aux rides convexes.

De toute façon, je vais arrêter de donner des conseils à mes amis, surtout si je leur parle en parabole, ils ne captent rien et à la fin on se brouille, on s'embrouille et il faut que je m'en débrouille.

Et puis, un jour, comme deux vieux brouillés, alors que je prenais le petit-déjeuner avec lui, il m'a énoncé son problème que pas mal de gens partagent et auquel je n'ai pas pu répondre. Il a effectivement dérivé de sa voie primitive et se trouve désormais face à cette équation : né sous X ou Y, comment savoir ce qu'il va devenir si son origine en est l'inconnue ?

C'est une bonne question et par conséquent je ne peux que faire ce constat lié à nos propres origines : sans racines carrées, il est difficile de ne pas tourner en rond.

Damien Khérès

Le péril jaune

J'ai l'impression qu'il y a de plus en plus d'asiatiques de nos jours, ce que je constate mais ce n'est qu'une impression car si les cons s'tatent c'est que ça leur fait plaisir. Je n'ai rien contre l'Asie mais si on me tanne Asie, je vais mal finir. Justement, l'autre jour, je suis allé dans un restaurant à baguettes et j'en ai gardé un très mauvais souvenir. Je vous raconte.

Je rentre dans le restaurant et là accourt un serveur gominé qui me jappe-au-nez. Très désagréable. Si le combat-guette, on ne va pas tarder à en venir aux mains. Le patron arrive et me demande d'être indulgent avec son serveur, qui apparemment est en bouleau de printemps, c'est comme un job d'été mais au printemps. Je lui dit alors que pour son serveur, ce connard laqué, il a plutôt du sushi à se faire et que visiblement il ne pouvait pas me saké. Le patron me reconduit dehors et depuis, je ne suis jamais revenu dans ce resto que je nem plus depuis ces salades.

Pourtant, j'ai quand même un très bon ami asiatique aux origines vagues, certes, mais c'est un tsunami proche avec qui j'aime bien me marée. Je dis aux origines vagues car lui-même ne sait pas trop de quel pays d'Asie il vient, il a été adopté tard et a eu une jeunesse débridée, c'est dire s'il n'a plus rien d'asiatique. Même si le matin il prend du riz-corée, bien meilleur que du riz de Chine, pour lui la baguette c'est chez le boulanger. Mais on ne va pas se cantonner à ce détail, surtout si on parle de riz, car pour couronner le tout, il a même un accent qui n'a rien d'asiatique. On ne sait pas d'où il vient mais avec son accent c'est évident, nous le savons de Marseille, ou du moins ça s'entend qu'il y a vécu. Et dieu sait que j'ai l'ouïe de finesse, d'après ce que m'a dit un jour un gendarme de Saint-Tropez. En plus, ce qui est étrange c'est qu'il adore faire les brocantes : c'est le premier péquin que je connais qui chine régulièrement sans avoir jamais mis les pieds en Asie. Comme quoi on peut aimer les chinoiseries et n'avoir jamais franchi la ligne jaune.

Depuis quelque temps et à mon grand regret, ou à mon grand remords, je confonds toujours et je ne sais jamais lequel utiliser. Enfin bref, au final c'est le même résultat : au gré des remords, je serai mort de regret. Donc, depuis quelque temps et c'est bien dommage, je n'ai plus de nouvelles de mon ami asiatique. Je l'ai donc cherché dans les pages jaunes. J'ai cherché à bloc comme un fanatique et je l'ai retrouvé pleins de tocs quasi à tics. Il avait bien changé.

Entre-temps, il avait rencontré une mandarine parlant chinois, ou l'inverse, et avait adopté sa culture et son mode de vie comme un retour aux sources.

« Si tu riz jaune c'est sûrement à cause du safran, mais voilà c'est ma vie, je te présente ma Chine », m'a-t-il dit. Sur le moment, je me suis dit que ce n'était pas très délicat de sa part de présenter ainsi sa nouvelle compagne, même si c'est un bel engin. Mais en fait, il me l'a présenté juste après. En polie chinoise et pour me saluer, elle a courbé l'échine et dans son ventre un polichinelle, qui n'est donc plus un secret. Elle m'a baragouiné quelques mots en mandarin, probablement une formule de politesse. En général, je préfère les baragouines plutôt que les boites à pédés mais là je n'ai pas pu la prendre au-mot car je n'ai rien compris et pour moi c'était du chinois.

Au final, je l'ai laissé vivre sa Chine avec machine (j'ai oublié son prénom) en lui souhaitant bonne chance. Mais je ne me fais pas d'inquiétude, même si le régime est dur, depuis qu'il pratique le jaune il a bien meilleure mine.

Un temps plus vieux

Encore une fois cette année, nous avons droit aux fortes pluies. Et si le chanteur fait des textes à strophes, la pluie fait désormais souvent des catastrophes, surtout si le chanteur chante mal. La pluie avec son lot d'inondations et de dégâts, ravage les maisons, menace les bateaux (car un temps de cochon des-truies les porcs) et fait même du tort au vin puisque dans les vignobles les grandes crues font des ignobles grands crus. Tout a commencé ce matin au petit-déjeuner et ce n'est qu'un moindre mal car il vaut mieux un début d'inondation pendant le café qu'une malheureuse crue-au-thé.

C'est donc au milieu de ce bordel que je me retrouve le soir-même dans une salle défaite pour célébrer le premier bingo de la saison. Visiblement c'est une soirée spéciale troisième âge avec des chaises roulantes ici et des tombolas. Il y a même une loterie avec une voiture à la clé. Et la clef de la voiture aussi, bien sûr, sinon ça ne sert à rien.

Je m'installe et c'est en en-printemps la chaise qui m'été destinée que je me rends compte que l'ambiance de cette soirée d'hiver est plutôt monautomne. Triste pour la saison, d'autant plus qu'il pleut encore. Alors si tout à coup j'ai la goutte c'est que je serais devenu plus-vieux. Ici, je ne vais peut-être pas faire de vieux os, ni de jeune zoo d'ailleurs car je n'aime pas vraiment voir les animaux en cage, mais dehors c'est les grandes eaux.

J'ai l'impression qu'on m'a jeté un sort et j'hésite à me tirer mais je vais plutôt m'en jeter un en attendant qu'on me tire au sort. Et finalement j'ai bien fait puisque sans pousser j'ai été tiré. J'ai gagné l'auto à une française dégueu venue me donner mon gain en gaine, d'une dégaine guindée dont il est impossible d'avoir le béguin, même si elle rend-gaine. Et tout en me donnant les clefs, elle me demande si je peux la ramener car elle est venue avec mon gain et ne peut donc plus repartir. « Mais monsieur ce-gain ne vous autorise pas à me prendre pour une chèvre » lui dis-je. Sauf que c'est une femme et qu'en fait elle ne parle pas bien français, du coup elle n'a rien compris. Pris de compassion, j'accepte cependant sa requête. J'ai gagné le gros lot.

Après le bingo, je lui dis tout de go : « Shall we go ? ». Et hop j'écrase mon mégot et direction la

Twingo. Voilà de quoi alimenter les ragots et blesser mon ego. En parlant de l'ego et c'est pas par fierté, mais même si j'aime bien voir ma voiture au garage, c'est d'avantage qu'elle me plaît mobile (en avant les histoires). Du coup, je suis plutôt content de conduire. Et j'installe ma passagère du soir, originaire d'Afrique du Nord vraisemblablement, à la place du Maure donc.

Mais avec ce temps pourri, ça ne circule pas bien et me voilà pris dans les embouteillages, ou dans les bouchons, ça dépend du degré d'alcool. Qu'est-ce-que je fais ? En plus, je n'ai pas de carte routière, même si une carte des vins serait peut-être plus utile pour sortir des bouchons.

Bon, je sors de l'autoroute à la prochaine sortie, ça me paraît plus sage, à ce qu'on appelle le péage de raison. « Veni, vidi, Vinci » : je suis venu, j'ai vu, j'en ai plein le fût de l'autoroute (oui je sens bien que je tourne en barrique). Je change donc de route, pas la B-route, car elle est complètement détruite, plutôt la D-route mais là c'est aussi le bordel. Peut-être faut-il que je m'arrête à une aire d'autoroute ? Cela me fait penser à un ami poète, car dieu sait qu'il aimait-ces-aires. Cela le détendait. Il disait que faire le plein lui permettait de faire le vide. Moi, pas du tout.

Finalement, je dépose ma passagère et même s'il y a de l'orage, il n'y a pas eu de coup de foudre je vous rassure. En plus, dans ce trafic, la colère ne m'a pas inondé et j'ai pu éviter tout débordement, c'est dire si je suis imperméable aux petits tracas parfois. Mais que faire face à une pluie battante ? C'est la défaite assurée quand c'est les grandes eaux qu'on bat.

Oui, malheureusement je n'empêcherai jamais de faire tomber la flotte car même si je suis cool à flot, je ne pourrais pas éviter que les pluies diluviennes.

Ab'errances verbales

Un poil gênant, si peu

Il paraît que j'ai un gros poil dans la main. Alors l'autre jour je suis allé chez le coiffeur pour me le faire enlever. Il me demande :
_ Je vous sers une coupe ?
_ Volontiers. Qu'est-ce-que vous avez ?
_ J'ai la coupe au bol, idéale pour les cheveux qui se tassent, ou au carré si vous tournez en rond, ou encore en brosse si vous êtes emballé.
_ Ah non, merci, c'est juste pour me faire couper le poil dans la main.
_ Quel poil ? Je ne vois rien.
_ Mais celui que j'ai dans la main. Tout le monde me dit que j'en ai un gros pourtant.
_ Désolé, je ne le vois pas. Et ça vous gène ?
_ Oui, c'est un poil gênant. Ça me démange.
_ Ah. Probablement un poil à gratter.

_ Vous tombez pile poil, c'est exactement ça. Cheveu bien que vous me le coupiez s'il vous plaît.
  _ Oui, bien sûr, mais il faudrait que je le vois avant.
  _ Vous êtes bien le seul à ne pas le voir alors. Et le cheveu que j'ai sur la langue, vous vous en êtes aperçu au moins ?
  _ J'aimerais vous aider mais je ne vois ni poil ni cheveu.

Je vois bien qu'il essaye de me caresser dans le sens du poil, même s'il ne le voit pas. Je lui propose d'aller m'asseoir et de patienter, le temps de ne rien faire, histoire qu'il voit mon poil dans la main.

Autour de moi, un noir attend pour se faire une couleur, une femme en détresse patiente pour des couettes, une instable crie pour une permanente et un méticuleux ordonne qu'on lui coupe les cheveux en quatre.

Le coiffeur, de mauvais poil, s'arrachait les cheveux. Il pensait qu'on était tous de mèche, venus le contrarier avec de telles exigences. Nous ne sommes pas de mèche et si les gens aujourd'hui sont plus exigeants avec leur coiffeur c'est un épi-phénomène.

Il s'en ait fallu d'un cheveu pour qu'il nous déclare la guerre et les cheveux en bataille.

Moi, je ne faisais toujours rien afin qu'il parvienne à voir mon poil. Mais avant que je finisse à poil justement, j'ai préféré partir et remettre ça à plus tard. Mon coiffeur était bien trop tendu pour s'occuper de mon poil. La situation en dégradé, tombée comme un cheveu sur la soupe, a pris tout le monde à rebrousse-poil.

Depuis, mon coiffeur stressé s'est fait quelques cheveux blancs mais a repris du poil de la bête. Par contre, il ne m'a toujours pas coupé le mien sous prétexte que mon histoire était un peu trop tirée par les cheveux. Allez savoir...

Damien Khérès

Une relation à bout de souffle

J'ai eu une longue relation avec Garette, une blonde américaine. Mais ça s'est mal terminé, ça a même été fatal pour moi. Il y a eu des hauts et débats, comme dans toute relation, et c'est vrai que j'ai souvent eu envie d'arrêter. Mais je n'ai pas pu et à chaque fois je retombais dans son piège. Elle me menait par le bout du nez et moi je la tenais du bout des doigts.

Dès que je l'ai rencontrée, je suis tombé sous son emprise. J'entendais les conseils : « Ne te précipite pas, y'a pas le feu », « Attends un peu avant de l'allumer »... mais n'écoutant que mon courage je l'ai tout de suite abordé. Et notre histoire a démarré.

J'avais l'impression de revivre et je respirais à plein

poumon ce parfum comme diffusé par un filtre d'amour. Les premières bouffées m'ont fait tourner la tête. Et elle était si bien roulée !

Pour lui plaire, je mettais le paquet, sans hésiter. C'était une merveilleuse à-toux de l'avoir à mes côtés.

Puis, petit à petit, je m'essoufflais. Alors, oui, je l'ai même trahi avec une brune, parfois même avec une gitane, juste pour essayer, sur un coup de tête. En plus, j'étais devenu irascible, surtout quand le soir je la voyais sortir par-fumée, je n'étais pas loin de la passer à tabac. Elle m'étouffait. « Si ça continue, je l'écrase, sans broncher », me disais-je, à bout.

Mais je m'étais ressaisi et je voulais voir cette relation renaître de ses cendres, retrouver cette euphorie du début.

La dernière chose qu'on a fait ensemble c'est d'aller à un cancer et elle est repartie sans moi.

Alors si la musique adoucit les mœurs, elle, a été ma muse-hic qui a raccourci mes heures.

Merci Garette.

Damien Khérès

À corps perdu

On me dit souvent que je suis mal foutu. C'est un peu exagéré. En général je dis plutôt que j'ai un physique hors norme qui respecte l'énorme aux normes de l'acceptable.

En fait, j'ai les yeux plus gros que le ventre et l'estomac dans les talons, si bien que quand j'ai la grosse tête, j'ai les chevilles qui enflent.

Et si vous ne me croyez pas, vous n'avez qu'à me regarder. Moi aussi, je suis comme Saint Thomas, je ne crois que ce que je vois, et je ne vois que ce qui saute aux yeux. Et dès que ça crève les yeux, je tourne les talons. Mais je laisse-Thomas dans les talons car il ne m'arrive pas à la cheville.

C'est vrai que mon corps est difforme mais qui dit forme dit rondeur et qui dit rondeur divise car on n'a pas tous le même avis sur la question, c'est un sujet de discorde.

Donc, si vous me regardez, vous ne pouvez pas fermer les yeux sur le fait que je ne suis pas commun. D'une part, parce que vous ne me verrez pas et d'autre part, parce que je grossis à vue d'œil.

Pourtant, j'ai bien essayé de changer ça mais sans succès. Par manque de courage apparemment. J'ai vu mon médecin qui a bien tenté de voir ce que j'avais dans le ventre, sans tourner de l'œil. Voyant que je n'y arriverais pas tout seul, il m'a proposé une opération chirurgicale qui coûtait les yeux de la tête. Avec ça, m'a-t-il assuré, ça marchera, les doigts dans le nez. Mon œil ! Du coup, j'ai refusé et il m'a dit que si je comptais maigrir sans ça, je pouvais me mettre le doigt dans l'œil, ce qui doit être douloureux. Et je n'aurais donc plus que mes yeux pour pleurer car en plus je ne les aurais pas pour payer. Par conséquent, j'ai peu d'espoir. L'opération est trop chère, à moins qu'il me la fasse à l'œil... Et dans ce cas-là je n'aurais rien à payer. Mais s'il me la fait à l'œil, qui me dit que ça réglera mon problème de ventre ? Problème qui commence d'ailleurs à me sortir par les yeux, j'en ai la larme à l'œil.

Alors voilà, triste constat, je demande un coup de pouce à mon médecin, il ne lève pas le petit doigt et moi je dois me le mettre dans l'œil. Il mériterait que je le dénonce mais je ne peux même pas le montrer du doigt puisque je l'ai dans l'œil. Cependant, j'ai mis le doigt sur un malaise (après l'avoir sorti de l'œil) : on n'a pas toujours les moyens de s'en sortir, à moins d'écouter son médecin et de lui obéir au doigt et à l'œil, sans que l'un soit dans l'autre. Moi, je ne l'entendais pas de cette oreille, ni de l'autre d'ailleurs, cette oreille-là est plutôt musicale, et non médicale.

Bref, si je veux m'en sortir, il va me falloir du cœur au ventre et un peu moins de ventre car dieu sait que j'ai le cœur gros en ce moment. Et toute cette attention sur moi ! J'ai beau avoir un gros ventre, je ne suis pas non plus le nombril du monde, d'autant que je n'arrive plus à le voir. Comme mes pieds d'ailleurs, je ne les vois plus, je perds pieds. J'ai beau les chercher et même si j'ai l'œil, je ne les vois plus et comme bon pied bon œil, je me doute qu'ils sont encore là, sous mon nez. J'ai les pieds sous le nez, mais mon ventre est sur le chemin alors quand je regarde mes pieds je me retrouve nez à nez avec mon ventre, qui lui se voit comme le nez au milieu de la figure. De là à ne plus pouvoir me voir, ça me pend au nez. De toute façon, en regardant bien, je ne vois pas plus loin que le bout de mon nez. Et puisque je veux faire bonne figure, je dois faire un pied de nez aux remarques, garder les pieds sur terre, à l'aveugle, et la tête sur les épaules.

Je vais vous épargner de parler de ma tête, ce serait vous l'offrir sur un plateau.

Alors j'en appelle à votre aide, un petit coup de main pour éviter les coups de pied, pour un pauvre humain estropié. Mais si vous ne pouvez pas m'aider pour payer cette opération qui m'aurait coûté un bras, vous pourrez toujours vous payer ma tête.

Damien Khérès

Le bonheur est dans le prêt

On parle souvent du monde de la finance comme si c'était un monde extérieur, où l'argent sale n'a pas d'odeur. Personnellement, moi non plus je n'y connais rien et pour moi les financiers, je les mange au petit-déjeuner. Seulement, ce n'est pas un monde si étranger puisqu'on y est tous confronté régulièrement. Justement, par exemple en ce moment il me faut un prêt, un prêt pour m'acheter une voiture et une voiture pour pouvoir aller travailler, car en allant travailler je pourrais ainsi me payer ma voiture.

Pour résumer, j'ai besoin d'une voiture pour pouvoir travailler et que pour pouvoir avoir une voiture, il me faut un prêt. Et ça tombe bien, car pour obtenir un prêt il me faut un travail. Donc si j'arrive à avoir mon prêt je pourrai travailler. Et si je travaille, j'aurai ma voiture puisque si j'ai ma voiture j'aurai mon prêt. Vous me suivez ?

Tout compte fait, je m'en vais en ouvrir un à la banque et demander un prêt, puisque apparemment le bonheur est dans le prêt, même si l'argent ne fait pas le bonheur. Bref, aujourd'hui, je me sens d'humeur contradictoire, poussé par la joie que mon contrat dictait, celui que j'allais bientôt signer.

Sur le chemin me menant à mon établissement bancaire, enfin sur la banque-route puisque je suis un peu fauché, j'hésite et me dis que si j'avais déjà une voiture, je n'aurais pas besoin de travailler. Arrivé au guichet, on me regarde de travers. Pourtant, je m'étais apprêté et fait beau pour l'occasion, j'étais habillé de banque. Apprêté pour un rendu, qui sera, j'espère, plutôt positif, et si la banque a prêté, j'en oublierai tous les plus âpres étés. Donc, me voilà à-guichet pour demander à voir un conseiller, qui en général ne me conseille pas grand chose, en dehors de me conseiller d'aller voir ailleurs.

Après discussion sur mon prêt auprès de mon conseiller et pour laquelle je lui ai prêté une oreille attentive, il me la rend et me demande :
_ Êtes-vous intéressé par des actions ?
_ Mais bien sûr, agissez et agissez vite. Je dois commencer mon travail très bientôt.
_ J'ai aussi des obligations...
_ On en a tous.

_ Ah vous en avez déjà ?! Vous ne prenez que des actions alors ? Mais rassurez-vous, il n'y a pas d'obligation.

Des actions auraient été parfaites pour un compte de faits mais le mien est quasiment vide et je ne crois pas vraiment aux comptes de faits. Du coup, je lui dis que je n'ai rien dans les bourses et que je vais bientôt toucher le fond. Mais selon lui, si on met quelque chose en bourse on finit toujours par toucher les fonds. Je pourrais gagner facilement et je n'aurais plus qu'à retirer mes espèces protégées qui pour moi sont en voie d'extinction pour l'instant.

Admettons. Mais je n'ai rien et rien, même multiplié, n'a jamais fait quelque chose, ou alors trois fois rien.

En somme, et non pas en Somme, car c'est un peu loin de chez moi, il veut à tout prix me vendre je ne sais quoi alors que je viens lui demander de l'argent.

De prêt ou de loin, cette situation me dépasse et pourtant je suis plutôt grand. Je pensais que ce serait facile, et que je repartirais avec mon prêt, mais elle est finie cette période du prêt-à-porter et les banques ne font désormais plus dans la dentelle.

Au final, je préfère ne rien avoir plutôt que de compter sur une rentrée providentielle d'argent en boursicotant sur des valeurs fluctuantes, et c'est bien mon cas. À jouer sur le fil du rasoir, on ne récolte que des petites coupures. Et c'est vrai, je n'ai compris que le cas-tard : sur les marchés, il vaut mieux un cheikh sans provisions qu'un émir-acculé même si les charges peuvent être Lourdes.

Damien Khérès

Thérapie, et moi aussi

Avec tout ce qu'on entend en ce moment il y a de quoi être parano, mais presque. On a de plus en plus peur des autres, et on se méfie de son prochain mais peut-être qu'un jour je serai le prochain dont on se méfie. Tiens, l'autre jour un agriculteur a été arrêté pour avoir dit au téléphone « je pars pour la scierie ». Il a fini avec une gueule de bois et des excuses en papier.

Du coup, moi aussi j'ai succombé à la peur générale de la société, à ne pas confondre avec la peur de la société générale, ce qui n'a rien à voir, mais que certains traders connaissent bien.

Bref, pour exorciser cette peur, je me suis inscrit à une thérapie de groupe. On se met en rond, on se salue en cœur et on échanges nos histoires dont personne n'en a rien à carré : tout est dans la forme et il faut tenter de faire bonne figure. Il y avait, entre autres, Bruno d'Agen à la parole constipée, qui n'a rien dit de toute la séance, Julien, dit Ju, d'Orange, pressé d'en finir, et le maire d'Amiens qui s'appelait David.

Un moment, quelqu'un a pris la parole : « Je m'appelle Atarte » et il a raconté son histoire qui m'a renversé. Et quand Atarte t'atteint, tu n'es pas loin de tomber dans les pommes.

Puis un vieux s'est livré : « Toute ma vie j'ai eu peur, peur des relations et ma vie a été bien triste. Tenez, l'autre jour je me suis cogné la tête, j'ai cru que j'allais mourir. J'ai vu ma vie défiler et je me suis ennuyé. J'ai préféré revenir à moi plutôt que de mourir d'ennui ». Terrible constat. Il a failli passer l'arme à gauche, mais la larme à l'œil il a avoué que ce choc a fait l'effet d'une alarme adroite. Malgré son grand âge, il veut maintenant en profiter. Il a alors cité la phrase d'un certain Alexandre Le Gland, auteur de nombreuses conquêtes : « Mieux vaut queutard que jamais ».

Après ça, je ne sais pas ce qu'il a fait pour pimenter ce qui lui restait de sa vie, ça ne me semblait pas très glorieux. C'est ce qu'on doit appeler l'Âge Dégueulasse, et encore, je n'ai vu que le sommet de l'iceberg.

Quand vient mon tour, je me livre, dès la première page, sans couverture mais de façon sommaire, plus facile pour indiquer les différents chapitres de ma vie. Tout le monde m'écoute et je parle de tout, jusqu'à mon attrait pour l'art de vivre, quand je suis optimiste, ou l'arlequin quand je préfère me tenir à carreaux. À ces-arts, Jules n'est pas indifférent, c'est son côté rome-antique. Et lorsque tous m'applaudissent à la fin de mon témoignage, je vois bien qu'il aurait aimé en récolter les lauriers, probablement pour s'en faire une couronne. Je lui en laisse un peu et si j'avais été plus ferme il en aurait été privé, mais rendons à Jules ce qui n'est pas agile.

Bruno, lui, n'a rien dit, et dès la fin de la séance, le Bruno rouge aux lèvres sèches repart au bras d'une brune au rouge à lèvres gras. Visiblement, il a choisi de s'exprimer ailleurs...

Moi en tout cas, tout cela m'a fait du bien et tout ce qui me soulage me déride, même si quoiqu'on fasse pour rester jeune, sous l'âge il y aura toujours des rides.

Bref, aujourd'hui je me sens mieux. Avant, dans la vie je n'avais plus d'appétit. Mais depuis ces séances, j'ai mis de l'eau dans mon vin, du levain dans mon pain, et je suis passé à table avec l'envie des mets.

Ab'errances verbales

Un jugement sans appel

L'autre jour, je me suis retrouvé, et pourtant je ne m'étais pas perdu car je savais très bien où j'étais, mais peu importe, je me suis donc retrouvé à la terrasse d'un bistrot et on m'a demandé ce que je voulais boire. J'ai répondu un jus d'avocat, je ne sais pas pourquoi car je n'aime pas les avocats, mais à chaque fois, quand on me parle de jus-je-mens. Allez savoir.

Justement, en parlant de ça et vous noterez la transition, j'ai rencontré par hasard quelqu'un du barreau qui m'a invité à assister à un jugement.

Donc, je rencontre cet avocat, bien mûr, la cinquantaine je dirais, et assez nonchalant. Visiblement un gars-qu'à-molle envie de plaider en général mais qui gagne souvent ses affaires m'a-t-il dit, et ce sans être mexicain. Ce maître du barreau, ou barreau-maître quand il est sous pression, me parle d'un homme, qui lui est derrière les barreaux en attendant d'être jugé et qu'il est sensé défendre. Il s'avère que c'est un cas difficile. Pour résumer : lui, du barreau défend l'autre, derrière les barreaux, et il s'est mis la barre-haut.

Il m'invite alors à venir assister au procès qui normalement n'est pas ouvert au public, uniquement aux principaux intéressés et aux différents intervenants. Pour les autres, comme pour les éléphants, ils ont défense d'y voir, même si je ne vois pas l'intérêt à ce que des éléphants y assistent, à moins que je ne me trompe. Bref, j'y vais, curieux de voir comment ça se passe, et pourtant, moi, les endroits où les hommes portent des perruques et des robes, en général je n'aime pas trop y mettre les pieds.

À 7 h, à huis clos et à 9 personnes dans le tribunal, le procès démarre. J'observe. Il y a la cour d'assise, on la reconnaît parce que personne n'est debout, les jurés, le juge, les avocats et l'accusé. Ce dernier semble abattu, apparemment la justice l'a pris de justesse, comme un fils à qui on a botté les fesses. Il s'est fait coffré, peu sensible à ce qu'offrait la prison, si ce n'est de n'être logé qu'au frais de la princesse, ou au frais d'Hugues si on aime ses chansons. Aujourd'hui, il est présenté devant la cour, qui n'est pas la haute cour, réservée au président de la république, ni la basse cour, réservée au fumier, mais dans certains cas c'est pareil. Remarquez, la basse cour aurait peut-être été plus adaptée : il s'est quand même fait chopé par les poulets, et s'est fait traité de canard pour non respect de l'oie.

Pendant le déroulement, je surveille les jurés et j'ai des doutes sur leur objectivité. J'en parle à l'avocat et j'eus raison de dire ce que les jurés sont, de dires, enfin de ce que j'en ai entendu car certains étaient effectivement louches. On dit qu'il ne faut jurer de rien mais ceux-là ne seront plus jurés du tout.

Le procès continue sans eux et les témoignages s'enchaînent, tout comme l'accusé qui n'est pas menotté. Ce procès me fatigue : dur de supporter toute cette procédure tant que le procès dure. Bon, je me dis qu'il faut qu'ils se décident vite : le prisonnier, tu l'aimes ou tu l'acquittes !

Mais ça y est, la séance est levée. On attend le moment où elle va se rasseoir. Pendant qu'on attend, l'avocat m'apprend que la qualité d'un verdict se mesure à la somme que récupère le plaignant, car on ne voit un bon procès qu'aux frais (attention à ne pas confondre avec un bon prosecco frais, idéal à l'apéro et beaucoup plus désaltérant mais qui du coup n'a rien à voir, enfin question de jugement !).

Au final, l'accusé n'est condamné qu'à une toute petite peine, et de joie il a d'ores-et-déjà invité son avocat à une fête le jour de sa sortie, un espèce de bal au prisonnier.

Quelques jours plus tard, j'ai appris qu'il n'avait même pas purgé sa peine puisque quelqu'un avait payé sa caution, comme quoi : les sous lèvent ce que le juste hisse.

Lettres et le néant ou l'usage absurde d'un alphabet

Je me prends pour un homme de lettres, alors permettez-moi de vous les présenter, les lettres.

Tout d'abord, que dire du A ? Si ce n'est que je connais des A droits et des A gauches, ceux-ci ne sont d'ailleurs pas très adroits, j'en reste toujours bouche B. Ne parlons pas des C, il me vient des idées funèbres à chaque fois. Et puis au diable l'ordre alphabétique, laissons les lettres se mélanger. Moi qui suis aussi un homme de P, et non de N, je me sens parfois pousser des L pour me dresser contre l'ordre établi. Qu'il aille se faire voir chez les Y. Car il faut bien mettre les points sur les I de temps en temps, quitte à prendre un peu de O, ou un H si on veut couper la parole. S moi qui en fais trop ? Je ne pense pas.

Sur ce, je m'en V prendre l'R et il me revient parfois ce rêve où je vois une fête foraine. J cours, je prends un en-K et direction la maison hantée, ou en U, ça dépend d'où on la regarde. On M ou pas mais parfois, moi j'aime bien me faire peur, ça m'évite de penser que souvent mon destin se joue au D.

Revenons à nos lettres, et là vous attendez probablement que je vous parle de Q, mais cela n'arrivera pas, je préfère le laisser avec le X, ils s'entendent très bien et on parle déjà bien assez d'E.

Et si G pas parlé des F, W et Z c'est que je n'avais rien à dire les concernant.

Du même auteur :

Poésie
- ***Vers Soufflés***, ISBN 978-2-322-03386-7, éditions BOD, 2013
- ***Mots d'esprits,*** ISBN 978-2-810-60428-9, éditions BOD, 2010
- ***Brouillon(s) de vie(s)***, ISBN 978-2-304-02024-3, éditions Le Manuscrit, 2008

Nouvelles
- ***Chassés-croisés***, ISBN 978-2-810-62348-8, éditions BOD, 2012

Roman
- ***Au-delà des lettres***, ISBN 978-2-810-61970-2, éditions BOD, 2010

Site internet de l'auteur : **www.damienkheres.com**